译文经典

长眠不醒
The Big Sleep
Raymond Chandler

〔美〕雷蒙德·钱德勒 著

顾真 译

上海译文出版社

1

十月中旬的一天上午,十一点钟光景,没有阳光照耀,山脚下的空地雨色深重。我一身粉蓝色套装,里面是深蓝色衬衫,打着领带,胸前的口袋里露出一角手帕,脚上是黑色拷花皮鞋和绣有深蓝色边花的黑色羊毛袜。我干净整洁,刮了胡子,头脑清醒,至于有谁知道这点,我根本不在乎。一个时髦的私家侦探该是什么样,看我就全知道了。我要去见一位身家四百万的富豪。

斯特恩伍德府进门的大厅有两层楼高。入口足以容一队印度象通过,上方一大块彩色窗玻璃,画着一个身穿黑色铠甲的骑士正在营救一位小姐,她被绑在树上,一丝不挂,只有一头长发恰好遮羞。骑士不忘礼节,打开了面罩;他拨弄着把那位小姐同树绑定的绳结,却毫无进展。我站在下面,心想若是我住在这房子里,迟早得爬上去帮他一把不可。他好像并没有真的在尽力。

大厅后面是两扇落地玻璃窗,门外一大片翠绿的草地,通往一间白色的车库。屋前,一个绑着油亮裹腿、身材瘦削的年轻黑人司机正在刷洗一辆褐紫色的帕卡德敞篷车。车库那边种了一些树装点环境，都当成贵宾犬似的细细修剪过。更远处是一座巨大的圆顶暖房。往后又是树，极目望去，看得到山麓那连绵起伏的柔顺轮廓。

大厅东边有段独立式样的楼梯，铺着瓷砖；拾级而上，是一条装有精美铁栏杆的长廊，又一块镶着传奇故事的彩色玻璃出现了。靠四周墙面，摆放着铺有红色毛绒圆坐垫的硬背大椅子。看样子，那些座椅从来没人坐过。西墙正中有个空荡荡的大壁炉，炉前的挡板是由四块铜片铰接而成的。壁炉上方是座大理石炉台，角上立着丘比特像。炉台向上是一大幅油画，油画再往上是两面骑兵矛旗，破破烂烂，也不知是枪打的还是虫蛀的，交叉挂在玻璃框里。画中人一身大约墨西哥战争时期的戎装，僵硬地摆出军官的标准造型。那军官蓄着一绺匀整的黑色帝髯，两撇黑色髭须，一双炽热而锐利的眼睛黑如煤炭，通常说来，跟这种模样的人打交道总是有好处的。我心想此人可能是斯特恩伍德将军的祖父。不太可能是将军本人，哪怕我听说他早已一把年纪，可两个女儿才二十多岁，正是惹是生非的时候。

我还在盯着那双炽热的黑眼睛，身后远处楼梯下的门开了。回来的不是管家。是个女孩子。

她二十来岁，身材娇小，看上去却很强韧。穿一条浅蓝色便裤，非常适合她。她走起路来像在飘浮。她一头漂亮的褐色鬈发，比时下流行的那种发梢向内烫卷的齐肩发型要短很多。她的眼眸是蓝灰色的，看我的时候几乎毫无表情。她走到我跟前，咧嘴笑笑，露出几颗又小又尖的虎牙，跟橘子皮内衬一样白，跟瓷一样富有光泽。它们在她那两片过于紧绷的薄嘴唇间闪闪发亮。她面无血色，样子不大健康。

"个子挺高的嘛？"她说。

"我可不是故意的。"

她瞪圆了眼睛。她犯难了。她在动脑筋。连我这个刚认识她的人都看得出来，动脑筋对她而言向来是件麻烦事儿。

"还很帅，"她说，"你一准儿知道自己帅。"

我嘟哝了一声。

"你叫什么？"

"赖利，"我说，"道格豪斯①·赖利。"

"这名字真滑稽，"她咬咬嘴唇，头别过去一点，用余光打量着我。她眼帘低垂，等睫毛快要触到面颊才又缓缓抬起，犹如剧场的幕布。我有点知道她玩的什么把戏了。是要让我四脚朝天，仰面在地上打滚。

"你是拳击手吗？"见我没有反应，她问道。

"不算是吧。我是私家侦探。"

"私——私——"她气愤地摇摇头，在那条宽敞走廊的昏暗灯光下，她的头发泛着艳丽的色泽。"你在拿我开心。"

---

① Doghouse 是英语"狗窝"的意思。

"嗯——哼。"

"什么?"

"继续吧,"我说,"你听到我说什么了。"

"你什么也没说。你就是特喜欢捉弄人。"她竖起一根大拇指,咬了咬。那根大拇指奇形怪状的,又细又小,像多长出来的,缺了一个关节。她咬住手指,慢慢吮了起来,像婴儿吸奶嘴一样,把它在嘴里转动着。

"你可真高啊。"说完,她心中窃喜,咯咯笑着。接着,她脚也不抬,缓慢而灵巧地转过身去。她两手一垮,垂到身侧。她踮起脚尖,朝我仰靠过来。她直愣愣倒进了我的怀里。要么扶住她,要么由她在大理石地面上摔个头破血流。我抓住她的腋下,她腿一软,立马瘫倒在我身上。我只好抓紧她,托她起来。她头一贴上我的胸膛,就打着圈蹭了起来,还冲我傻笑。

"你真可爱,"她咯咯笑着,"我也可爱。"

我不做声。正在这个时候,管家刚巧不巧穿过落地窗回来了,看到我抱着她。

他对此好像无动于衷。他高大瘦削,满头银发,六十岁上下。一双蓝眼睛冷漠得无以复加。他的皮肤光滑亮洁,看动作,应该是个身强体壮的人。他缓步穿过大厅向我们走来,那女孩急忙从我怀里跳了开去。她飞奔到房间那头的楼梯脚下,像只小鹿般上去了。我还没来得及深吸一口气再呼出来，她就消失了。

管家语调平板地说："将军现在要见您，马洛先生。"

我把下巴从胸前抬起，朝他点点头。"那人是谁？"

"卡门·斯特恩伍德小姐，先生。"

"得让她改掉这毛病。她看上去不小了。"

他恭敬地看着我，不苟言笑，重复了一遍刚才的话。

2

我俩出了落地窗，踏上一条铺红石板的光滑小径，这条小径一直绕到车库前那片草坪的最远端。眼下，车库外停着的成了一辆镀铬的黑色大轿车，那个面带稚气的司机正在擦拭它。沿小径一直走，来到了那座暖房的侧面，管家为我打开门，站到一旁。进门是一间前厅，暖和得就像一个文火慢烧的烤炉。他后脚进了屋，关上外间的门，打开里间的门，让我俩入内。这下是真的热了。空气浑浊潮湿，蒸汽弥漫，混杂着茂盛的热带兰花腻人的香味。玻璃墙面和屋顶都结着浓厚的水雾，大颗大颗的水珠泼溅到下面的植物上。灯光带着一种不真实的绿色，像是从鱼缸玻璃里透出来的。这地方种满了植物，整整一大片，尽是恶心的肉状叶子和犹如刚洗净的死人手指般的花梗。那股味道就像在毯子下面焖烧酒精，难闻极了。

管家带我穿行其间，尽他所能帮我避开那些要打到人脸上的湿叶。片刻之后，我们来到了植丛中央的一块空地，头上便是圆顶。眼前，在六面旗帜围成的六边形区域中，铺着一块陈旧的红色土耳其地毯，地毯上是一部轮椅，轮椅上有个行将就木的垂垂老者，他看着我们，那双黑眼睛早已黯淡无光，却依然如炉台上方画中人的眼眸那样墨黑，那样率直。他脸的其余部分简直是一张铅制面具：毫无血色的嘴唇，尖鼻子，凹陷的太阳穴和渐渐腐烂、外翘的耳垂。包裹他细长身体的——在这样的高温下——是一条旅行毯和一件褪色的红浴袍。他的手鸟爪一般瘦骨嶙峋，松弛地交叠在毯子上，指甲呈紫色。几绺干枯的白发死死扎根于他的头皮，好比野花在不毛的岩石上奋力求生。

管家站到他面前，说："这位就是马洛先生，将军。"

那老者没动也没说话，连头都没点一下。他只是了无生气地看着我。管家把一张湿漉漉的藤椅推到我的腿肚子边，我坐了下去。他娴熟地一抄手，拿走了我的帽子。

这时老者把声音从井底一路慢腾腾提了上来，说道："上白兰地，诺里斯。你要怎么喝白兰地，先生？"

"怎样都行。"我说。

管家走进那堆讨厌的植物丛中。将军又缓缓开口了，谨小慎微地用着他的气力，仿佛失业的舞女在用她最后一双像样的袜子。

"我从前喜欢喝加香槟的。香槟要像福吉谷①一样冰冷,底下倒上三分之一杯的白兰地。你可以把外套脱了,先生。对身体里还有血液在流动的人来说,这里太热了些。"

我起身脱去外套,摸出一块手帕擦了擦脸、脖子和手腕背面。八月里的圣路易斯跟这儿相比何足道。我重新坐好,不由自主想掏香烟,一转念手缩了回去。那老者注意到了这个小动作,隐隐笑了。

"可以抽烟的,先生。我喜欢烟草味。"

我点上一根,朝他喷出一大口烟,他像只鼠洞前的猎狗一样嗅着。一抹笑容若隐若现,牵起他阴暗的嘴角。

"事到如今,只好让别人代劳来放纵自己的恶习,倒也挺好,"他干巴巴地说,"你眼前的,是个纸醉金迷过后、麻木不堪的幸存者,是个双腿瘫痪、下身只剩一半的残疾人。我几乎什么也不能吃,已经无所谓睡觉不睡觉,跟醒着快没了区别。我好像基本靠高温才活着,如同一只刚出生的蜘蛛。那些兰花是建暖房的借口罢了。你喜欢兰花吗?"

"不太喜欢。"我说。

将军眯起眼睛。"它们是污秽的东西。它们的肉跟人类的肉很像。它们的香味里闻得到妓女的腐败芬芳。"

---

① Valley Forge:美国"革命圣地",以刺骨的严寒著称。1777 年,费城陷落,华盛顿率领败兵残将在此修整,冻死、开小差的士兵不计其数,是整个独立战争里最艰难的时光。

我张嘴注视着他。温和潮湿的热气像棺罩一样包围着我俩。老者点点头,他的脖子好似生怕承受不住脑袋的重量。管家推着一辆茶具车拨开植丛回来了,他给我调了一杯白兰地苏打,用一块湿毛巾裹好铜冰桶,徐徐钻进兰花丛,走了。植丛后面,门开了又关上了。

我报了一口酒。那老者盯着我,一遍又一遍舔起嘴唇来,先缓缓描一片唇,再跨到另一片上,庄严专注得像葬礼上的殡仪员在干洗双手。

"谈谈你自己吧,马洛先生。想来我有权知道?"

"当然,不过没啥可说的。我三十三岁,上过大学,有需要的时候,也可以拽两句文。在我这行里,这种时候不是很多。我以前在地方检察官王尔德先生手下做探员。他的探长,一个名叫伯尼·奥尔斯的人打电话来说您想见我。我未婚,因为不喜欢警察的老婆。"

"你还有点玩世不恭,"老者笑了,"你不喜欢为王尔德做事?"

"我被开除了。因为违抗命令。这门功课我得了高分,将军。"

"我以前也总这样,先生。很高兴听你这么说。关于我的家庭你了解多少?"

"听说你丧偶鳏居,有两个女儿,都很漂亮,性子也都很野。一个女儿结了三次婚,最近一次嫁给了一个前私酒贩子,道上的名字是拉斯蒂·里根。我就听说这么多,将军。"

"有没有你听了觉得不一般的地方?"

"也许是拉斯蒂·里根那部分吧。不过我自己也总跟私酒贩子打交道。"

他淡淡一笑,很节约力气。"我好像也是。我非常喜欢拉斯蒂。是个克朗梅尔来的爱尔兰人,卷头发、大块头,还有一双忧郁的眼睛,笑的时候嘴巴咧得跟威尔希尔大道①一样宽。第一印象觉得他也许就是你认为的那种人:一个偶然沾了'天鹅绒'②的投机家。"

"你肯定很喜欢他,"我说,"都学会行话了。"

他把苍白干瘦的手插进毛毯边缘。我拿掉唇间的烟蒂,喝光了酒。

"他是我生命的元气——他还在的时候。他几小时几小时地陪着我,像头猪一样汗流浃背,用夸脱瓶喝酒,跟我讲爱尔兰革命的故事。他是 I. R. A③ 的军官。他留在美国甚至是非法的。那桩婚事当然很荒唐,可能就维系了不到一个月吧。我把家里的秘密告诉你了,马洛先生。"

"秘密到我这里依然是秘密,"我说,"他后来怎么了?"

---

① Wilshire Boulevard:位于加州洛杉矶,商业枢纽,区域内的路段至少有 4 条车道。
② "天鹅绒"(velvet),也指投机赚得的意外之财。
③ 即爱尔兰共和军,全称为 Irish Republican Army,是谋求爱尔兰脱离英国独立的秘密组织,1936 年被爱尔兰自由邦宣布为非法组织。

老者木然看了我一眼。"一个月前，他走了。事出突然，没有给任何人留话。没有向我道别。有点伤人，不过他是在一所乱哄哄的学校里长大的。总归会有他的音信的。其间我又遭人敲诈了。"

我说："又？"

他的手从毯子下面抽出来，捏着一只棕色信封。"拉斯蒂在的那阵，谁要是妄图来敲诈我，只能认栽。他来的几个月前——也就是九、十个月前吧——我给了一个名叫乔·布罗迪的人五千块，让他放过我的小女儿卡门。"

"啊。"我说。

他纤细的白眉动了动。"'啊'是什么意思？"

"没什么。"我说。

他继续盯着我，眉头半皱。接着说道："把信拿去仔细看一看。酒请自便。"

我从他膝盖上拿过信封，又坐下了。我擦干掌心，捏着信封翻转过来。收信人是："加利福尼亚州西好莱坞区，阿尔塔·布雷亚新月街道 3765 号，盖伊·斯特恩伍德将军。"地址是斜着写的印刷体墨水字，像出自工程师之手。信封已经撕开。我打开信封，取出一张棕色名片和三条硬纸片。那是一张薄薄的棕色亚麻名片，印着金字："阿瑟·格温·盖革先生"。没有地址。左下角有行极小的字："珍本书和豪华版本"。我把名片翻过来。背面又是一段倾斜的印刷体字：

"亲爱的先生：虽然按照法律，这几笔款项无法收取，但白纸黑字，赌债的立据想必您是希望承兑的。A.G.盖革敬上。"

我看了看那几条笔挺的白纸片。是些填了墨水字的本票，有好几个日期，都是上个月，即九月上旬的。"一经要求，本人保证奉还阿瑟·格温·盖革先生或其指定方一千美元（＄1000.00），无利息。款项收讫。卡门·斯特恩伍德。"

这段话像是弱智写的，字迹凌乱，七扭八歪，该画句号的地方尽是小圈。我又给自己调了杯酒，抿了一口，把证物搁在旁边。

"你的推论？"将军问道。

"还没有呢。这位阿瑟·格温·盖革是什么人？"

"我一点头绪都没有。"

"卡门怎么说的？"

"我还没问她。不打算问。要是问她，她就会不好意思地咂自己的大拇指。"

我说："我在大厅里遇见她了。她就冲我那样。她还要坐到我大腿上来。"

他的表情丝毫没有变化。他交错的双手安详地搁在毯子边缘，待在那样的高温里，我觉得自己快成了一盆新英格兰大餐①，可他好像连暖和都谈不上。

---

① 美国新英格兰地区传统正餐，以腌牛肉或熏肩肉火腿搭配卷心菜和其他蔬菜烹煮而成。

长眠不醒 | 011

"我说话得客气一点吗?"我问道,"还是随意就好?"

"我可没觉得你有什么顾忌啊,马洛先生。"

"姐妹俩常一起玩吗?"

"应该不是。她们各走各的,通向毁灭的道路也略有不同。维维安被宠坏了,挑剔、精怪、心肠很硬。卡门还是个孩子,喜欢扯掉苍蝇的翅膀。她们不讲是非,就跟只猫一样。我也不讲。斯特恩伍德家的人都不讲。接着说。"

"想必她们受过良好的教育。她们知道自己在做什么。"

"维维安上了几个嫌贫爱富的好学校,然后进了大学。卡门上了半打学校,一家比一家开明,最后跟刚入学时没啥两样。所有那些惯常的恶习,相信她俩都染上过,至今还没改掉。如果身为家长的我听起来有些歹毒,马洛先生,那是因为我的生命已危在旦夕,容不下一点维多利亚时代的虚伪了。"他的头向后一靠,眼睛闭上,又突然睁开来。"我也不必再多说,对于一个五十五岁才第一次当父亲的人,这一切都是理所当然的。"

我抿了一口酒,点点头。看得见他苍白瘦削的喉头有脉搏在跳动,频率却缓慢得几乎根本称不上是脉搏了。一个老人,三分之二已入了土,还坚持要相信自己撑得下去。

"你的推论?"他突然厉声发问。

"是我的话,我会付他钱。"

"为什么?"

"这是花一点小钱就能解决一大堆麻烦的问题。内情是一定有的。但没人能伤您的心,除非您现在已经伤心了。而且得许许多多骗子花许许多多时间不断讹诈您,您才会有吃亏的感觉。"

"我是有自尊心的,先生。"他冷冷地说。

"有些人就指着这点呢。捉弄你们这是最简单的办法。要么利用自尊心,要么靠警察。除非您能揭穿骗局,盖革完全可以用这些字据讨债。但他没有那么做,反而把字据寄赠给您,还承认这些是赌债;即便字据他还留着,也给了您辩护的机会。如果他是个恶人,他思路很清晰;如果他是个老实人,只是兼职做点贷款,这笔钱应该归他。刚才说的那个让您付了五千块的乔·布罗迪是什么人?"

"某个赌徒。我记不太清了。诺里斯应该知道。我的管家。"

"两个女儿手上有钱吗,将军?"

"维维安有,但并不很多。卡门还没成年,将来能拿到母亲的遗产。我给她俩零花钱很大方。"

我说:"如果您想摆脱这个盖革,我能办到。不管他是谁,手里头有什么把柄。在付给我的酬劳之外,还会让您损失一点钱。当然您也落不着什么好处。他们这种人不是靠收买能顶事的。您已经进了他们的优质人选名录了。"

"知道了。"他耸了耸褪色红浴袍里宽阔瘦削的肩膀,

"刚才你说要付他钱。现在你又说我落不着什么好处。"

"我的意思是，忍受一定程度的敲诈还是相对划算和容易的。就是这样。"

"恐怕我是个相当缺乏耐心的人，马洛先生。你怎么收费？"

"二十五块一天，外加其他开销——碰上走运的日子。"

"知道了。花这点钱就能除掉背上的肿瘤，好像挺公道的。这手术是个细致活儿。但愿你明白这点。你做手术的时候会尽可能不惊动病人吧？瘤子有好几个呢，马洛先生。"

我喝掉第二杯酒，抹了抹嘴巴和脸。两杯白兰地下肚，高温却不见丝毫缓解。将军朝我眨着眼睛，拽了拽毯子边缘。

"如果我觉得这家伙人还算正派，可以同他做交易吗？"

"可以。事情现在交给你全权处理。我从来不做半吊子的事。"

"我会解决他的，"我说，"让他感到大难临头。"

"相信你会的。现在得请你包涵了。我累了。"他伸手按下轮椅扶手上的电铃。电线接入深绿色木箱边蜿蜒盘绕的一根黑色电缆，兰花在箱子里生长，溃烂。他合上眼，又睁了开来，炯炯有神地盯视了片刻，一靠，舒舒服服埋进软垫里。他的眼皮再一次耷拉下来，不再关心我的存在。

我站起身，从湿漉漉的藤椅椅背上拎起外套，走进兰花丛，出了两扇门，站到屋外，深深吸了两口十月的清新空气。车库那边的司机已经不在了。管家踏着红石板路而来，脚步轻盈畅快，背挺得像块熨衣板。我缩拢身体穿上外套，看着他走过来。

走到离我两英尺时他停下了脚步，正色道："在您离开前，里根太太想见见您，先生。至于报酬，将军吩咐我尽管按合适的数目给您开张支票。"

"怎么吩咐你的？"

他显得有点困惑，随后笑了。"啊，明白了，先生。显然您是个侦探。听他的电铃声就知道了。"

"你代他开支票？"

"我有这一特权。"

"那你应该有钱买块像样的墓地了。现在不收钱，谢谢。里根太太为什么要见我？"

他的蓝眼睛平静祥和地看了我一眼。"她对您到访的目的有所误解，先生。"

"谁告诉她我来了的？"

"从她房间的窗户看得到暖房。她看见我俩进去了。我必须告诉她您是谁。"

"我可不喜欢这样。"我说。

他的蓝眼睛顿时充满寒意。"您是想告诉我我的职责是什么吗，先生？"

"不是。只是觉得猜你到底在管哪些事很好玩。"

我们注视了对方片刻。他悒悒地瞪了我一眼,转身走了。

3

那房间太大,天花板太远,门太高,从屋子一边铺到另一边的白色地毯就像箭头湖①刚积起的一场雪。到处都有大穿衣镜和水晶小摆设。象牙色的家具镀了铬,窗前一码的地方,一块巨大的象牙色窗帘垂到白地毯上。白色让象牙色显得有点脏,而经象牙色一衬,白色白得好像流光了最后一滴血一样。窗户正对着渐渐阴沉的山脚。快下雨了。气压已然很低。

椅子铺了厚厚的软垫,我坐在边缘,望着里根太太。她大有看头。她能兴风作浪。她脱了拖鞋,手脚伸开躺在一张现代主义风格的卧榻上,那双穿了透明长筒丝袜的腿令我目不转睛。就像是刻意要叫人盯着看的。膝盖以下都露了出来,有一条腿更是变本加厉。膝盖颇为肉感,有浅浅的小窝。腿肚很漂亮,脚踝细长,线条优美得足以谱出一首交响诗。她身材高挑,四肢修长,看上去挺健硕。她头靠一只象

---

① Lake Arrowhead:南加州旅游胜地。

牙色缎面软垫。头发又黑又挺，中分，那双炽热的黑眼眸神似大厅里的画中人。她有着标致的嘴和标致的下颌。她的嘴略带郁闷地垂着，下唇很丰满。

她在喝一杯酒。她举杯吞下一口，从杯沿上面从容冷静地打量着我。

"说来你是个私家侦探，"她说，"原来世上真的存在，我还以为只是书里才有呢。不然就是躲在酒店周围、四处窥探的油头垢面猥琐男。"

这话我全不在意，所以听过就算，没接茬儿。她把杯子放在卧榻平坦的扶手上，亮出一颗翡翠，摸了摸头发。她缓缓道："你觉得我爸爸怎么样？"

"我很喜欢他。"我说。

"他喜欢拉斯蒂。你大概知道谁是拉斯蒂吧？"

"嗯——哼。"

"拉斯蒂有时会挺粗俗不雅，但非常真实。他给爸爸带来了很多乐子。拉斯蒂不该那样一走了之的。爸爸心里很难过，虽然嘴上不说。还是他已经说了？"

"提到了一些。"

"你不怎么爱说话是吧，马洛先生？但他想让你找到拉斯蒂，对吗？"

我在说话的间歇礼貌地注视着她。"是也不是。"我说。

"这不太能算是回答。你觉得能找到他吗？"

"我没说要去找。为什么不试试失踪人口调查局呢？他们有这个组织。这不是靠一个人能做成的事。"

"噢，爸爸不想让警方参与进来。"她目光越过杯子，又平和地看了我一眼，喝光酒，按了一下电铃。一个女仆从侧门走了进来。是个中年妇女，一张和蔼的长脸，面色泛黄，长鼻子，没有下巴，泪汪汪的大眼睛。她像一匹忠厚的老马，在长久的劳作后终于被主人放出去吃草了。里根太太对着她晃了晃空酒杯，她又调了一杯酒递上去，便走出了房间，一句话不说，都不往我这边扫一眼。

伴着关门声，里根太太开口了："唔，那你准备怎么开始？"

"他是什么时候，又是怎么溜掉的？"

"爸爸没告诉你吗？"

我脑袋歪向一边，冲她咧嘴笑笑。她脸红了。她炽热的黑眼睛冒出怒火。"我不明白有什么可吞吞吐吐的，"她厉声道，"而且我不喜欢你的做派。"

"可你的做派我也没有爱得发狂啊，"我说，"我并没要求见你。是你叫我来的。你怠慢我也好，喝掉一整瓶威士忌当午饭也罢，我都不在乎。我不在乎你露出腿来给我看。这两条腿漂亮极了，能认识它们真荣幸。你不喜欢我的做派，我也不在乎。确实烂透了。漫漫冬夜，我常为此伤心难过。但别浪费时间试图盘问我了。"

她把杯子猛地一放,下手太重,酒洒到了靠垫上。她两条腿晃悠着沾了地,站起来,眼睛喷火,鼻孔大张。她张着嘴,皓洁的牙齿亮得刺眼。她的指关节都绷白了。

"没人跟我这么说话。"她有点口齿不清。

我坐在那儿,朝她咧着嘴笑。她徐徐合上嘴巴,低头看了看泼开来的酒。她在床沿上坐下,屈拢一只手掌托着下巴。

"天哪,你这个禽兽,偏偏又高大、黝黑、帅气!我真该搬辆别克车砸死你!"

我拿出火柴在指甲上一划,一下就燃了。我往半空里吐着烟,等待她开口。

"我讨厌专横的人,"她说,"就是讨厌。"

"你到底在害怕什么,里根太太?"

一时间,只见她的眼白增多了。接着黑色部分又渐占上风,直到瞳孔好似撑满了眼眶。她的鼻孔紧紧收着。

"他想让你办的事,"她紧张的声音里余怒未消,"根本跟拉斯蒂无关。是不是?"

"最好还是去问他吧。"

她又发起火来。"出去!滚你妈的,出去!"

我站起来。"坐下!"她呵斥道。我坐下了。我手指轻弹掌心,等待着。

"拜托,"她说,"拜托了。你能找到拉斯蒂的——只要爸爸希望你去找。"

我还是不吃这一套。我点点头,问她:"他什么时候走的?"

"一个月前的一天下午。他什么话也没留下,直接开车走了。他们在某处的一间私人车库里找到了他的车。"

"他们?"

她露出狡黠的神情。整个身体都似乎松弛了下来。她得意地朝我一笑。"原来他没告诉你啊。"她的声音都有点雀跃了,仿佛靠智慧战胜了我。或许确实如此。

"他跟我聊了几句里根先生,没错。他要见我不是为了那个。这就是你一直想从我嘴里套出来的话吧?"

"你说什么我根本不在乎。这一点我相当确定。"

我又站了起来。"那我走了。"她不说话。我走到进屋时穿过的那扇大白门前。回头一看,她正咬住嘴唇用力撕啃着,就像一只小狗在啃咬地毯的流苏边。

我出了门,走下铺瓷砖的楼梯到了大厅里,管家不知从哪里飘了过来,拿着我的帽子。我戴帽的当儿,他为我打开大门。

"你弄错了,"我说,"里根太太并不想见我。"

他把银发苍苍的头略微一低,谦恭道:"抱歉,先生。我经常弄错事情。"他关上我背后的门。

我站在台阶上,一边吞云吐雾,一边看着下方层层低下去的花坛和修剪整齐的树，尽头是环绕庄园的一圈铁栅栏，高耸，布满镀金尖刺。一条车行道蜿蜒而下，从挡土墙通到两扇敞开的铁门前。栅栏外面的几英里山路尽是斜坡。在这片模糊不清的遥远平地上，我隐隐看到几个破旧的木头井架，斯特恩伍德家族当年发财，靠的就是底下的油田。油田的大半如今已辟为公园，是斯特恩伍德将军派人拾掇干净后捐给市政府的。但少数几组油井还在生产，每天能抽满五六桶。斯特恩伍德一家早已搬到山上居住，他们再也闻不到腐臭的污水和石油的气味，却依然可以望向窗外，看看曾经的摇钱树。他们有兴致的话。我不认为他们还有这个兴致。

我在一条砌砖的小路上一层接一层走下花坛，沿栅栏内侧前进，出了大门直奔我停在街头一棵胡椒树下的车。山麓下雷声大作，顶上的天空呈黑紫色。要下大雨了。空气潮湿，雨意已浓。我打开顶篷，发车进城。

她长了双美腿。这点我不得不承认。她和她父亲是两位模范公民。也许他只是在考验我；他交给我的活儿应该律师做才对。哪怕经营"珍本书和豪华版本"的阿瑟·格温·盖革果真是要敲竹杠，那活儿还是应该交给律师。除非有很多内情一时还看不出来。要说随便瞥一眼之后的感受嘛：探明真相的过程想必很好玩。

我开车去了好莱坞公共图书馆，把一本枯燥的书——

长眠不醒 | 021

《著名初版书大全》——粗略研读了一阵。读了半个小时我就饿得想吃饭了。

4

A. G. 盖革的店是个临街铺子，在靠近拉斯帕尔马斯①的那条大道北侧。店门开在中间，嵌得很深，橱窗上镶了铜边，后面摆着中式屏风，所以我看不见店里的样子。橱窗里有不少东方风味的旧货。我不知道那些是不是好东西，毕竟我除了没付的账单，从不收藏古玩。大门是平板玻璃做的，但我在门前依然看不太清里面，因为店里太暗了。与之毗邻的一边是一栋大楼的入口，另一边则是一家金光灿灿的信贷珠宝行。店老板站在门口，踮起脚跟晃悠着身子，一脸倦怠；他是个高大帅气的白头发犹太人，穿着修身的黑衣服，右手上戴的钻戒，该有九克拉吧。看我拐进盖革的店，他唇角一扬，露出会心的笑容。我将身后的门轻轻一带，走上铺满整个地板的蓝色厚绒毯。屋里放着几张蓝色皮安乐椅，旁边都有烟架。几套皮装书陈列在光洁的狭长桌子上，两侧由书立挡着。墙上的玻璃橱里还有另一些皮装书。是那种企业大亨会一本接一本买回去，还叫人贴上藏书票的养眼货。后

---

① Las Palmas：通常指北大西洋东部西属加那利群岛港市，在此处显然不可能。文中指的当是加州中部城市弗雷斯诺（Fresno）下属的一个地区。

面是间漆了花纹的木隔间,正中一扇门,锁了。隔间和墙面围出的角落里,有个女人坐在一张小桌后头,桌上摆了一盏木雕灯笼。

她缓缓起身,婀娜地向我走来,紧致的黑套裙泛不出一丝光亮。她大腿很长,步态里透着某种在书店里难得一见的东西。她灰金色头发,淡绿眼睛,睫毛上点缀着小珠子,波浪发丝柔顺地披在耳后,乌黑硕大的纽扣耳环闪闪发光。她的指甲涂成银色。即便穿戴光鲜,她还是会带给你这样的印象:此人一开口八成是穷酸腔。

她走近我身旁,性感得能搅乱一场生意人的饭局;她把头一歪,拨弄着一绺有点散乱却又不太散乱的柔亮鬈发。她的笑容怯生生的,但加以争取,便能转为甜美。

"要买什么吗?"她询问道。

我把牛角镜架的墨镜戴了起来。我故意尖着嗓子,学鸟叫一样说话:"你会不会刚巧有 1860 年的《宾虚》①?"

她嘴上没说"啊?"但心里是想说的。她惨然笑笑:"是初版吗?"

"第三版,"我说,"第 116 页上有个印刷错误。"

"恐怕——暂时没有。"

---

① 美国作家华莱士(Lewis Wallace,1827—1905)的代表作,事实上初版于 1880 年。改编而成的电影 1959 年上映,获 1960 年第 32 届奥斯卡金像奖(最佳影片、最佳导演)。

"那1840年的'谢瓦利埃奥杜邦'①呢?要全套的,当然。"

"呃——暂时没有。"她的声音像小猫叫唤,刺耳地呜呜了两声。她的笑容已然挂在齿边和眉梢,不知道等这抹笑彻底掉落时,什么东西会遭殃。

"你是卖书的吗?"我用恭敬的假声问道。

她打量了我一番。笑容不见了。眼神略带敌意。站姿非常笔挺僵硬。她朝那几面罩了玻璃的书架挥了挥银指甲。"你看里面的东西——难道像葡萄柚吗?"她挖苦道。

"噢,我对那类东西不大感兴趣,你知道的。也许带成套的复刻钢版画,彩色的两分钱,黑白的一分钱。俗气玩意儿,不稀奇的。不要。抱歉。不要。"

"知道了。"她恨不得用起重机把笑容顶回脸上去。她痛苦得像个害了腮腺炎的市参议员。"也许盖革先生会——但他暂时不在。"她的眼睛细细端详着我。要她谈珍本书,难度就跟让我摆布一群跳蚤表演差不多。

"他之后会在的?"

"恐怕得到很晚。"

"可惜,"我说,"啊,太可惜了。这些椅子挺招人喜欢,

---

① 指的是美国鸟类学家、美术家奥杜邦(John James Audubon, 1785—1851)的七卷本巨著《美洲鸟类图谱》(*Birds of America*),由谢瓦利埃(J. B. Chevalier)和奥杜邦共同出版。

我坐会儿抽根烟吧。一下午怪没劲的。净在想我的三角学课程了。"

"是啊,"她说,"是啊,当然啦。"

我四仰八叉躺在一张椅子上,用烟架上的镍打火机点了一根烟。她仍旧站着,牙齿抵住下唇,眼里隐约有些不安。最后她点了点头,缓缓转过身,走回了角落里的桌子后面。她在台灯后面盯着我。我搭起双脚,打了个哈欠。她把银指甲伸向桌上的电话机,却并没有碰它,而是放了下去,轻轻敲打着桌面。

大约五分钟的沉默。门开了,来了个满脸饥渴的高个家伙,拿着手杖,鼻子很大;他灵巧地进了屋,用力关上身后装有闭门器的门,径直朝那个角落走了过去,往桌上放了一个包裹。他从口袋里掏出一只黄金包角的海豹皮钱包,向那个金发女郎出示了什么东西。她按了按桌上的一个电钮。那高个家伙走到隔间门前,打开刚能容身的一条缝,溜了进去。

我抽完手上的烟,又点了一根。时间缓慢地挨过去。大道上有刺耳尖利的汽车喇叭声。一辆红色的城际大轿车隆隆开过。交通灯鸣锣警示。金发女郎倚在手肘上,一只手掌拢成杯状放在眼前,注视着我。隔间的门开了,那撑着手杖的高个子溜了出来。他手里又有了个包裹,看形状是本大厚书。他走到桌前付了钱。他离开的样子跟来的时候一样:踮着脚走路，张着嘴呼吸，经过时用余光飞快地扫了我一眼。

我站起身，脱帽向金发女郎告辞，跟着他出了门。他向西边走去，手杖紧贴右脚上方摆动着，弧线又小又急。要跟住他很容易。他的外套是鲜艳非凡的古董布料裁成，肩部非常宽阔，从衣领里戳出的脖子就像一根芹菜茎，脑袋还随着步伐摇摇晃晃。我们走过了一个半街区。走到高地大街的红绿灯前，我在他身旁立定，让他瞧见我。他先是漫不经心斜乜了我一眼，随后一怔，目光锐利起来，立马别过头去。绿灯了，我们穿过大街，又走了一个街区。他迈开他的大长腿赶路，到街角时，他在我身前二十码。他向右转了。他往山上走了一百英尺，停下来，把手杖挂在手臂上，从衣服内侧袋里摸出一只皮制烟盒。他往嘴里塞了一根烟，擦燃火柴，一边点烟一边回头望，看到我在街角盯着他，他登时挺直了背，活像被人从身后踹了一脚。他笨拙滞重地大跨步往前走，手杖戳到了人行道上，简直要弄得尘土飞扬。他又向左转了。等我赶到他转弯的地方，他至少领先我一整个街区。我追他追得直喘气。眼前是条林荫窄道，一边是挡土墙，另一边是三座花园平房的院落。

他不见了。我在小道上晃悠，这里那里打量着。走到第二座院子，有所发现了。那地方叫"拉·巴巴"，昏暗静谧，有两排树影下的平房。正中间的路两旁种了意大利柏树，都修剪得粗短敦实，有点像"阿里巴巴和四十大盗"里的油罐。第三个"油罐"后头露出一叶图案花哨的袖子，它动了一下。

我倚在路旁的一棵胡椒树上，等待着。山麓那边又响起隆隆的雷声。南边，层峦叠嶂的乌云映出闪电的火光。几滴试探性的雨水打在人行道上，留下五分硬币大小的水印。没有一丝风，空气如斯特恩伍德将军的兰花暖房里一般沉静。

树后的袖管又出现了，紧接着露面的是一个大鼻子、一只眼睛和没戴帽子的几绺浅棕色头发。那只眼睛注视着我。它不见了。另一只眼睛却又像啄木鸟似的出现在树的另一边。五分钟缓缓过去。他忍不住了。这类人都是胆小鬼。我听到一声火柴的划擦，接着响起了口哨。那模糊的人影轻快地沿着草地溜到相邻的树前。随后他走到路上，径直朝我过来，一边甩手杖一边吹口哨。刺耳的口哨声里带着不安。我抬起头，茫然看着暗沉的天空。他经过我身旁，与我相距不到十英尺，却完全没看我。现在他安全了。他把东西藏好了。

目送他的身影消失后，我迈上"拉·巴巴"中央的小路，扳开第三棵柏树的枝杈。我抽出一本包裹着的书，夹在腋下，离开了那地方。并没有人喝令我放下东西。

5

回到大道后，我走进一家杂货铺的电话亭，查了阿瑟·格温·盖革的地址。他住拉维恩街，是月桂峡谷大道外的一条半山路。我投进硬币拨他的号码，纯为闹着玩。无人接听。我翻到分类广告栏，发现附近街区有好几家书店。

我来到的第一家店在街北，是个很大的地下楼面，专卖文具和办公用品，夹楼里胡乱摞着很多书。看来没找对地方。我穿过马路，向东走了两个街区，找到另一家。这回比较像了，是家逼仄杂乱的小店，顶天立地堆满了书，有四五个顾客正慢吞吞翻书，在崭新的书衣上留下指纹。完全没人在意他们。我用背推门挤进店里，穿过一个隔间，看见有个矮小的黑皮肤女人正在桌子后面读一本法律书。

我打开钱包扔在她桌上，让她看别在翻盖上的徽章。她看了一眼，摘下眼镜，靠在椅背上。我拿走了钱包。她的脸打扮得很精致，分明是个才智出众的犹太女人。她凝视着我，一言不发。

我说："能否帮我一个忙，一个小忙？"

"不好说。是什么忙？"她的声音嘶哑却很顺耳。

"你知道盖革的店吗，就在街对面，往西过两个街区？"

"也许经过过吧。"

"是家书店，"我说，"不是你这种书店。你很清楚。"

她稍微撇了撇嘴，没说话。"见到盖革你认得出吗？"

"抱歉。我不认识盖革先生。"

"就是说你没法告诉我他长什么样？"

她又撇了撇嘴。"我干吗要告诉你呢?"

"没有任何原因。如果你不想,我没法强迫你。"

她朝隔间门外放眼张望了一下,又靠回椅背上。"那是警徽,对吗?"

"名誉代表罢了。啥也算不上。就值一根便宜的雪茄。"

"明白了。"她伸手拿了一包烟,摇出一根后用嘴叼了起来。我为她点上火。她谢过我,又向后一靠,在烟雾缭绕中打量着我。她谨慎地说:

"你想知道他长什么样但并不想同他面谈?"

"他不在那儿。"我说。

"总会在的吧。那是他的店。"

"我暂时还不想跟他打照面。"我说。

她再次朝隔间门外望去。我说:"懂珍本书吗?"

"你可以考考我。"

"你这儿有没有1860年的第三版《宾虚》,第116页上有一行是重复的?"

她把法律书推到一旁,拿起竖放在桌上的一册厚书,匆匆翻阅着,找到她要的那一页后,查看了一番。"谁都不会有的,"她头也不抬地说道,"根本不存在这么本书。"

"没错。"

"你到底想说什么?"

"盖革店里的姑娘对此却一无所知。"

长眠不醒 | 029

她抬起头。"懂了。我隐约觉得你这人有点意思。"

"我是个私家侦探,正在查一桩案子。也许我问得太多了。不知怎么的,我自己倒好像不觉得多。"

她吐出一个绵软的灰色烟圈,手指穿了进去。那烟圈顿时化成了缥缈的一缕缕游丝。她平和冷淡地说道:"他四十出头,我估计。中等身高,胖乎乎的。体重一百六十来磅。肥脸,陈查理①那样的八字须,松软厚实的脖子。一身松软的肥肉。穿着考究,来去不戴帽子,假装是古董行家,其实啥也不懂。噢,对了。他左眼是颗玻璃球。"

"你去当警察一定是把好手。"我说。

她把参考书放回桌子尽头的敞开式书架上,重新在面前摊开那本法律书。"还是不当了吧。"说完,她戴上了眼镜。

我谢过她便离开了。天开始下雨。我腋下夹着那本包好的书,奔跑起来躲雨。我的车停在朝向大道的一条小路上,对面差不多就是盖革的店。跑过去时我身上已经星星点点淋湿了。我连滚带爬钻进车里,拿出手绢擦干包裹,打开来。

我知道里面会是什么,当然。一部厚重的书,装订考究,精美活字印刷,纸张上乘。书里穿插着貌似风雅的整页照片。照片和文字都污秽得难以形容。这不是本新书。前衬页上加盖了借出和归还的日期。是本专供出借的书。原来那

---

① Charlie Chan:美国作家比格斯(Earl Derr Biggers)笔下的华人探长。

是一家专借精美色情书籍的图书馆。

我把书重新包好,锁进座椅后面的箱子。这种见不得人的店堂而皇之开在大道上,似乎说明背后有不少人撑腰。我坐在那儿,浸在自己吐出的毒烟里,听着雨声,陷入了思考。

6

雨水注满了排水沟,在人行道上溅得齐膝高。大个子警察披着炮管般油亮的雨衣,乐此不疲地把咯咯傻笑的姑娘们抱过水塘。雨点重重地砸在车盖上,修补过的顶篷漏了。车底板上聚起了一汪水,正好让我泡脚。秋天下这种雨,太早了些。我费劲地穿上雨衣,冲向最近的杂货店,买了一品脱威士忌。回到车里,我一气喝了不少,为的是暖暖身子,保持注意力。我停车早就超时了,但那些警察抱姑娘吹口哨都忙不过来,没功夫管我。

尽管在下雨,或者说,正是因为下雨,盖革的店里顾客盈门。门口停着很高档的车,衣冠楚楚的客人进进出出,离开时都带着包裹。不全是男的。

大约四点钟,他出现了。一辆米色小轿车在店门口停下,他闪身下车走进店门时,我瞥见了那张肥脸和那两道陈查理式的八字须。他没戴帽子,穿着有腰带的绿皮雨衣。隔这么远，我看不到他的玻璃眼睛。一个穿无袖紧身外套的高个俊俏小伙子走出店门，把车拐到旁边的路上停好。他步行走回来时，闪亮的黑发沾上了雨珠。

一个小时又过去了。雨气氤氲的商铺灯火浸没在漆黑的街道里。有轨电车暴躁地叮当打着铃。五点五十分左右，那穿紧身外套的高个小伙子撑着伞踏出盖革的店门，走到那辆米色轿车后面。他让人把车开到门口，看盖革出来了，小伙子忙在他光秃秃的头顶上方打起伞。他收好伞，甩了甩水，递进车内。他奔回店里。我把车发动了起来。

小轿车在大道上西行，害我只好左转，还结了不少仇家，其中有一个电车司机，他冒雨伸出头来痛骂了我一顿。追赶到离它只差两个街区时，我开始进入状态了。我希望盖革是在回家。有两三次我看见了他的车，在他向北转入月桂峡谷大道时我终于追上了。爬了半条坡道他左转了，驶入一条潮湿的曲线水泥路，名叫拉维恩街。那是条窄路，一边是高高的堤岸，另一边散布着类似棚屋的房子，它们沿下坡而建，所以屋顶并不比路面高出多少。屋子正面的窗户掩映在树障和灌木中。放眼望去，尽是湿漉漉的树在滴水。

盖革亮起了灯，我却没有。我加快速度，在一个弯超了他的车，经过一座房子时还顺便记下了门牌号，开到这段路的尽头后把车转进了一条小路。他已经停车。他的灯光从一幢小房子的车库里斜射出来；屋前有片方形的黄杨树障，刻意设计过，把正门完全挡住。我看他撑着伞走出车库，穿过树障进屋了。他好像并不觉得有人在跟踪他。屋里亮起灯。我空挡向北滑行到下一座房子，里面好像没人，但屋外并没有悬着什么牌子。我停下车，打开窗户通通风，举起酒瓶喝了几口，坐着。我不清楚自己在等待什么，但冥冥中知道要等。一分钟一分钟又慢吞吞挨过去。

两辆车开上山来，朝山顶而去。那条街似乎非常安静。六点稍过，又有几束明亮的灯光扫破暴雨。此时天已漆黑。一辆车在盖革家门前缓缓停下。灯丝逐渐暗了下去，熄灭了。车门打开，下来一个女人。她身材苗条，戴着阔边毡帽，披着透明雨衣。她穿进迷宫似的树障。隐约一声门铃，雨中透出灯光，门慢慢关上，阒无声响。

我伸手从车上的置物袋里拿出手电，走下去看了看那辆车。是辆帕卡德敞篷车，不是褐紫色就是深棕色。左边的车窗没摇上。我摸到了驾照夹，用手电一照。车主信息是：卡门·斯特恩伍德，西好莱坞区阿尔塔·布雷亚新月街道3765号。我回到车上，坐了又坐。车顶上的雨滴到我的膝盖上，威士忌在我的胃里灼烧。山上不再有车辆的踪影。我车前的那幢房子没亮灯。要在这一带干点坏事，似乎正合适。

七点二十分，盖革家射出一道强烈的白光，犹如一阵夏日的闪电。正当黑暗再次将它笼罩、将它吞没时，一阵微弱细碎的尖叫从屋内回荡了出来，消失在雨水淋漓的树丛间。我赶紧下车，可走在半路，回声已经退散。

那尖叫声里没有恐惧。有的是惊喜参半的语气，酒醉迷离的腔调，十足弱智的口吻。那声音令人作呕。让我想到栅栏窗户里的病床上那些身穿白衣、手脚绑着皮带的人。等我走进树障的豁口，闪身绕过遮挡前门的部分时，盖革的老窝已复归寂静。狮口里的铁圈便是门环。我伸手抓了上去。就在这一刻，有人在等信号似的，屋里传出三声枪响。好像有谁粗粝地长叹了一声。接着，忙乱中有什么软软的东西重重摔在了地上。屋里响起急骤的脚步声——有人逃跑了。

门前的马路很窄，好比架在水沟上的步行桥，为了解决围墙和堤岸边缘之间的缺口。没有走廊，没有空地，也没有路可以绕到屋后。后门开在一段从下方小巷似的街上筑起的木台阶顶上。我知道这一点，是因为听见了"哒哒哒"踏下台阶的脚步声。接着突然传来汽车发动的轰鸣声。那声响很快没入了远处。好像又有一辆车发出了声响，但我不能确定。眼前的这座房子如墓穴般死寂。不必着急了。里面的东西跑不了。

我骑在车道一边的围栏上，朝挂了帘子却没有装纱幔的落地窗探出身去，透过两块窗帘中间的缺口尽量向内张望。我看到墙上的灯光和书橱的一角。我回到车道上，助跑了整条车道和一段树障，用肩膀狠狠撞上门去。加州的房子，你唯一没法走的大概就是正门。我只落得个肩膀剧痛、急火攻心的下场。我再次爬上栏杆，踹碎落地窗，用帽子裹着手，差不多拨干净了底下的碎玻璃。这下我可以把手伸进去拉开扣住窗户和窗台的插销了。剩下的事很简单。窗户顶上没有插销。锁扣开了。我翻进去，扯掉贴到脸上的帘子。

对于我是怎么进来的，屋里的两个人都满不在乎，虽然其中只有一个是死人。

7

那房间很宽敞，占足了整幢房子的宽度。天花板很低，有房梁支撑，棕色的灰泥墙上点缀着细长的中国刺绣，还有装着花纹木框的中国画、日本画。有几个矮书架，还有一条厚实的浅粉色中式地毯——一只沙龟满可以在里头待上一星期，鼻子一次都不会探到绒毛外面来。地上铺了软垫，零落的丝织品扔得到处都是，住在这幢房子里的人仿佛有个习惯：非得有东西可以伸手摩挲才行。有张低矮宽敞的卧榻，披着陈旧的玫瑰花毯。上面放着一叠衣服，其中有丁香色的蚕丝内衣。有盏带基座的雕花大台灯，另外的两盏灯则装有翡翠绿灯罩和长长的流苏。一张黑色书桌，桌角雕刻着异兽；桌后是一把光亮的黑色椅子，扶手和椅背都雕琢过，上面摆着黄色的缎子靠垫。屋里交织着各种怪味道，眼下最明显的似乎是无烟火药燃过后的刺鼻气味和令人作呕的乙醚香气。

房间一头，一处类似矮平台的地方有张高背柚木椅，卡门·斯特恩伍德小姐端坐其上，身下垫着一块流苏镶边的橘色披巾。她坐得笔挺，手放在椅子扶手上，膝盖并拢，僵直的身姿犹如埃及女神，下巴收平，小巧洁白的牙齿在微启的双唇间闪闪发亮。她双目圆睁。眼球幽深的暗蓝色已然吞没瞳孔。那是一双疯子的眼睛。她好像丧失了知觉，但失去知觉的人又不会是那种坐姿。看起来她似乎正想象自己在做什么非常重要的事，而且大获成功。她嘴里发出一串尖细的笑声，可笑归笑，她的表情毫无变化，连嘴唇也纹丝不动。

她戴着一对狭长的玉耳环。那是对精致的耳环，也许价值好几百块。除此之外，她全身上下一丝不挂。

她的身体很美：玲珑，柔软，紧致，结实，丰满。灯光下，她的皮肤焕发出珍珠般的光泽。她的腿不像里根太太的腿那样妖冶魅人，却也非常漂亮。我上下打量着她，既不觉尴尬也没起色心。在这屋里的根本算不得一个裸女。她只是个傻子。在我眼里，她从来只是个傻子。

我不再看她，把目光移向盖革。他仰天躺在地毯流苏旁的地板上，身前是一根图腾柱一样的东西。它外形像一只鹰，又大又圆的眼睛是照相机镜头。镜头正对着椅子上那个赤条条的姑娘。柱子一侧夹着一个发黑的闪光灯泡。盖革穿着带厚毛毡鞋底的中式便鞋，腿上是黑缎睡裤，上身一件中式刺绣外套，前襟沾满鲜血。他那颗玻璃眼珠亮晶晶地对着我发光，目前看来，这是他身上最有生机的东西了。草草一看，那三枪都没有打偏。他死得很透。

我之前看到的那道闪电便源于这闪光灯泡。疯癫的尖叫声是这赤条条的傻姑娘看到亮光后的反应。三声枪响则是其他人的主意，想让事情有个出人意料的转折。就是那个走下后门台阶、砰地关上车门逃走的家伙。我可以借他的视角看清真相。

那张黑色桌子一头的红漆托盘上，摆着两只精巧的金丝玻璃杯，旁边是盛着棕色液体的大肚酒瓶。我摘掉瓶塞，嗅了嗅那液体。闻着像乙醚混合了别的什么，可能是鸦片酊。我从来没试过这种混搭，不过这瓶东西倒是同盖革家很配。

我听着雨点打在屋顶和北窗上。除此没有别的声响，没有汽车声，没有警笛声，只有雨点滴答滴答响个不停。我走到卧榻前，脱掉雨衣，乱翻着那女孩的衣物。有条淡绿色的中袖粗羊毛套衫。我寻思着这件衣服我倒是可以帮她穿。内衣还是算了。倒不是故作矜持，只是看不得自己给她穿内裤、扣胸罩。我把套衫拿到平台上的柚木椅子前。斯特恩伍德小姐身上也散发着乙醚味，在几英尺开外都闻得到。她还在细声细气地咯咯傻笑，嘴角的一丝涎沫顺下巴淌着。我扇了她两个耳光。她眨眨眼，不笑了。我又扇了她两下。

"快,"我声音响亮地说,"乖。我们穿衣服吧。"

她凝视着我,暗蓝色的眼睛空洞得好似面具上的孔眼。"咕咕嘟得哩。"她说。

我又掌掴了她几下。她满不在乎。挨了打,她并没有回过神来。我开始给她穿衣服。对此她也不放在心上。她由着我抬起她的手臂,还把手指张得很开,好像这样有多可爱似的。我抓着她的手穿进袖管,帮她把背后的衣服往下拉,再扶她起来。她痴笑着跌进我的怀里。我将她抱回椅子上,为她穿好鞋袜。

"我们走两步吧,"我说,"乖乖走两步。"

我们走了几步。一会儿她的耳坠重重砸在我的胸口上,一会儿我俩一齐迈步,犹如一对"慢板"① 舞者。我们走到盖革的尸体前,再返回。我让她看了看他。她觉得他很可爱,傻笑起来,很想告诉我这一点,却只是咯咯笑不停。我领着她走向卧榻,让她四肢伸展仰躺在上面。她打了两个嗝,笑了几声,睡着了。我把她的东西塞进口袋,走到那根图腾柱后面。里面确实装了照相机,但机器里找不到暗盒。我在地上四顾找了找,心想他被枪杀前没准把它拿了出来。找不到暗盒。我握住他松垮冰凉的手,稍稍翻动他的身子。仍旧找不到暗盒。这样的事态发展我不喜欢。

---

① 表演古典芭蕾双人舞时,女伴在男伴托扶下表演的各种缓慢优美的舞蹈动作。

我走进屋子后面的过道，搜查起这幢房子来。右边有间浴室，后面是一扇锁着的门和一间厨房。厨房的窗户被人撬开了。纱窗不见了，看得到窗台上有个地方的挂钩被扯掉了。后门没锁。我由它保持原样，去过道左边的卧室看了看。那卧室整洁、花哨、女里女气的。床上铺着镶荷叶边的罩子。三面镜子的梳妆台上放着香水，旁边是手帕、一点零钱、男士用的头刷和一串钥匙。壁橱里是男式衣服，床罩的荷叶边下方是男式拖鞋。是盖革先生的房间。我拿着钥匙串回到起居室，翻检起书桌来。抽屉很深，里面有只上锁的钢盒。我用一把钥匙打开了盒子。盒子里没什么东西，只有一本带索引的皮面本子，里面写了很多密码，正是那种倾斜的印刷体字，跟之前斯特恩伍德将军收到的一模一样。我把笔记本放进口袋，擦干净钢盒上我碰过的位置，锁好桌子，收起钥匙，关掉壁炉里的圆木形煤气炉，穿上雨衣，想叫醒斯特恩伍德小姐。可办不到。我拿起那顶毡帽硬戴到她头上，给她裹好雨衣，把她抱去了门外她的车里。我回到屋里，灭掉所有的灯，关上门，从她提包深处掏出钥匙，发动了那辆帕卡德。下山时我们没开车灯。不消十分钟就到了阿尔塔·布雷亚新月街道。卡门睡了一路，打着呼噜，朝我脸上喷着乙醚味的鼻息。我没法把她的脑袋从我肩上挪开。我能做的，最多就是不让它贴着我的大腿了。

8

斯特恩伍德府侧门的狭长花饰铅条玻璃窗后面透出昏暗的灯光。我在门廊下面停好帕卡德，把口袋里的东西一股脑儿清在座椅上。那女孩在角落里鼾声阵阵，帽子邋遢地斜扣着鼻子，双手松沓地垂在雨衣的褶缝里。我下车按响门铃。脚步声来得迟缓，仿佛路途遥远，快走不动了。门开了，那位站姿笔挺、银发苍苍的管家看着我。在大厅灯光的映照下，他的头发宛若一圈光轮。

他很客气："晚上好，先生。"说完看向我身后的车。他收回眼神，看着我的眼睛。

"里根太太在家吗？"

"不在，先生。"

"我想将军已经睡了吧？"

"是的。傍晚是睡觉的最佳时间。"

"里根太太的女仆呢？"

"玛蒂尔达？她在的，先生。"

"最好叫她过来。这活儿需要女人动手。去看一眼车里，你就知道为什么了。"

他往车里看了一眼，转身走回来。"明白了，"他说，"我会叫玛蒂尔达来的。"

"玛蒂尔达应该知道怎样妥善照料她。"我说。

"我们都会尽力妥善照料她的。"他说。

"我猜你是练过手的。"我说。

他没接茬儿。"好了,晚安,"我说,"交给你了。"

"很好,先生。要给您叫辆出租车吗?"

"当然不要。"我说,"其实我根本没来过这里。你看到的都是幻觉。"

听到这里他笑了。他朝我点了点头。我转身走下车道,跨出大门而去。

我沿着风雨凄厉的蜿蜒街道整整走了十个街区,头顶上的枝杈间不停淋下水来,路过庞大阴森的院落,巍然的楼宇亮着窗,隐约看见一簇簇屋檐和三角墙,山坡的高处也有窗子亮着灯,渺远,可望不可即,仿佛森林里女巫的房子。我来到一个加油站。里头的灯光明亮得毫无必要,雾蒙蒙的玻璃后面有个服务员,他头戴白便帽,身穿深蓝防风茄克,驼着背,坐在凳子上读报纸。我都迈步朝里走了,转念一想,还是继续赶路。我已经浑身湿透。像这样的夜晚,等你打到出租车保准胡子都留长了。而且这种时候坐车,司机格外记得住你。

我健步走了半个多小时,回到了盖革家门前。那里没有人,路上也没有车,只有我自己的车停在他邻居家门口。我的车凄凉得犹如丧家之犬。我从车里摸出那瓶酒,把余量的

长眠不醒 | 041

一半倒进喉咙,坐进车里点了根烟。我抽掉半根烟,一扔,又从车里出来,向盖革家走去。我打开房门,踏进静谧温暖的黑暗中,站在那儿,任由身上的水轻轻滴在地板上,听着雨声。我摸到一盏灯,点亮了。

我留意到的第一点是墙上少了两三条绣花丝绸。总数我没点过,但有几处棕色的灰泥墙面裸露了出来,很是显眼。我往前走了几步,打开另一盏灯。我看了看图腾柱。柱脚下,那条中式地毯的边缘旁本是光秃秃的地板,现在铺上了另一块毯子。那儿原本没放毯子。放的是盖革的尸体。现在,盖革的尸体不见了。

我惊呆了。我抿紧嘴唇,斜眼看图腾柱上的玻璃眼。我又在屋里四处走了一圈。一丝一毫都没有变化。盖革不在铺着荷叶边床罩的床上,也不在床底下,更不在衣柜里。他既不在厨房也不在浴室里。走廊右边那扇门还是锁着。盖革的那串钥匙里有把匹配的。进屋一看很有意思,跟盖革那间全然不同。是间粗犷质朴、阳刚十足的卧室;光洁的木地板,两块印第安风格的小地毯,两把直背椅,带花纹的深色木头梳妆台,台面上是一套男式洗漱用品和两根插在一英尺高烛台上的黑色蜡烛。床很窄,看上去硬邦邦的,盖着褐紫红色的蜡印花布床罩。屋里寒气逼人。我重新锁好门,用手帕擦去门把上的指纹,回到图腾柱前。我跪在地上,眯起眼端详从脚下到门口的地毯绒毛。我想我看到了两条平行辙子,像是脚后跟拖出来的。干这事儿的人是动了真格的。死人的分量可比破碎的心更沉重。

不是警察干的。是警察的话,他们保管还在屋里,摆弄绳子、粉笔,准备好相机、扑粉,抽着劣质雪茄,这时刚做好热身运动呢。准已经忙得热火朝天了。也不是凶手干的。他离开得太匆忙。他肯定看到那女孩了。至于那傻子是否看到他,他没法确定。估计他正在逃往远方。答案我猜不到,但要是有人希望盖革失踪而不是仅仅遭到谋杀,我倒不介意。这让我有机会确认是否真的可以排除卡门·斯特恩伍德的嫌疑。我锁好大门,上车点火,开着尾气滚滚的车回家洗了把澡,换了身干燥衣服,吃了顿迟来的晚饭。之后我坐在房间里,喝了很多香甜热酒①,绞尽脑汁想破解盖革那本带索引的蓝色笔记本里的密码。唯一能确定的是,那是一串人名和地址,也许是顾客的。有四百多个。敲诈勒索的事儿肯定很多,暂且不论吧,这买卖做得也挺大。名单上的任何人都有可能是凶手。等这本册子交到警察手里,可有得他们辛苦了。

我喝了一肚子威士忌,心灰意冷地上了床;梦见一个身穿血淋淋中国式褂子的男人在追逐一个戴细长玉石耳环的女孩,我跟在他俩后面跑,举着一台没装胶卷的相机要拍照。

---

① hot toddy:白兰地或威士忌等加糖和香料用热水冲泡后的饮料。

9

第二天早上天清气朗，阳光和煦。我醒来时觉得嘴里好像塞了一只电机操作工手套①。喝了两杯咖啡，翻了翻晨报。没有关于阿瑟·格温·盖革先生的信息。我甩着昨晚的湿衣服，想把褶皱弄平，这时候电话铃响了。是伯尼·奥尔斯，地方检察官的首席探员。就是他让我去找斯特恩伍德将军的。

"嗳，那老小子怎么样？"他开腔道。听口气就知道他刚睡了个好觉，也没怎么欠人钱。

"我昨晚喝多了，还没醒。"我说。

"啧啧！"他心不在焉地笑笑，随后转换成谨小慎微的警察口吻，有点冷淡得过了头：" 见过斯特恩伍德将军了？"

"嗯——哼。"

"为他做了什么吗？"

"雨太大了。"我答道，如果这也算回答的话。

"他们家里人好像总摊上事儿。他们家里某个人的大别克车掉进里多渔轮码头那边的海里去了。"

我紧紧攥着听筒，简直要把它捏碎。连呼吸也屏住了。

---

① 原文作"I woke up with a motorman's glove in my mouth"，此处的表达应该是在极言大量饮酒后醒来时感到的干渴。

"就是这样，"奥尔斯兴高采烈道，"一辆呱呱叫的全新别克轿车，沾了一身的沙子和海水……噢，差点忘了。车里有个人。"

我缓缓呼出一口气，我的呼吸好像就悬在嘴唇上方。"是里根？"我问道。

"啊？谁啊？噢，你是说他们家大女儿勾搭上还私奔结了婚的那个前走私酒贩吧。我从没见过他。他在那地方干吗？"

"别废话了。去那种地方，谁能真有什么可干的呢？"

"我不知道，哥们儿。正要去看看呢。想一起去吗？"

"好啊。"

"赶紧的，"他说，"我在办公室等你。"

刮完脸，穿好衣服，稍微吃了点早餐，不到一个钟头我已身在法院。我坐电梯到七楼，一径走到地方检察官下属们的那排小办公室。奥尔斯那间屋并不比别人的大，不过是单人间。他的桌上没别的东西，只有一本吸墨纸、一套廉价钢笔用具、他的帽子和他的一只脚。他是个中等身材的金发男子，两道僵直的白眉，一双镇定的眼睛，牙齿养护得很好。他就像某个你在大街上擦身而过的路人。我刚巧知道他打死过九个人——其中三人一拿枪瞄准他便丢了性命，或者说，有人是这么认为的。

他站起身，把一扁盒"幕间休息"牌小雪茄放进口袋，留了一根叼在嘴里，上下颠着，脑袋后仰，视线沿鼻梁扫过来，仔细看着我。

"不是里根，"他说，"我查过了。里根是个大块头，跟你一般高，比你还重一点。是个半大孩子。"

我没说话。

"里根为什么出走？"奥尔斯问道，"你很想知道这一点吧？"

"不见得。"我说。

"一个本来干贩卖私酒勾当的家伙娶了有钱人家的女儿，之后却抛下富婆，放弃几百万合法的财产——连我都不禁要想这是怎么回事。估计你觉得这是人家的秘密。"

"嗯——哼。"

"行，你就不松口吧，老弟。我不记仇。"他绕到桌前，拍拍口袋，伸手拿帽子。

"我没在找里根。"我说。

他锁好办公室门，我们下楼走进法院的停车场，上了一辆蓝色小轿车。我们驶出日落大道，不时碰到红灯便鸣警笛冲过去。那是个凉爽的早晨，空气里的寒意恰如其分，让生活显得简单又甜蜜，如果你没有太多心事的话。但我有。

沿海岸边的高速公路走上三十英里就能到达里多，前十英里往来车辆比较多。这段路奥尔斯开了四十五分钟。最后我们在一座褪色的灰泥拱门前刹了车，我把腿迈出车厢，同他走下车。安有"二英寸乘以四英寸"①白色栏杆的狭长码头从拱门一路向大海伸展开去。一群人在远端探身看着什么，有个摩托骑警站在拱门下面，拦住要冲上码头的另一群人。公路两旁都停着车，这一众热衷观赏惨剧的人，有男也有女。奥尔斯向骑警出示了警徽，我俩走上码头。下了一晚上的雨，那股扑鼻的鱼腥味还是臭气熏天，丝毫没有变淡。

"车在那儿——在电动驳船上。"奥尔斯说，一边用手里的小雪茄指着。

码头末梢的桩子旁，一辆低矮的黑色驳船蜷伏着，它的驾驶舱却像拖船上的那种。甲板上有个东西在晨曦里闪闪发光，原来是辆车身涂了铬的黑色大轿车，还绑着吊索呢。锁链的吊臂向后收拢，跟甲板齐平。轿车四周站着人。我们走下湿漉漉的台阶，上了甲板。

奥尔斯跟一个身穿绿色卡其布制服的警长和一个便衣男子打了招呼。驳船上的三个船员靠在驾驶舱前，咀嚼着烟草。其中一人正用一条肮脏的浴巾擦着湿头发。应该就是他跳进水里给车绑上吊索的。

我们将车上下打量了一番。前保险杠折了，头灯碎了一盏，另一盏撞弯了，但玻璃没碎。散热器的盖子有个大凹坑，车身的颜料和涂层伤痕累累。坐垫湿透了，黑魆魆的。

---

① two-by-four：指截面为 2 英寸 ×4 英寸的木材。

长眠不醒 | 047

轮胎倒好像都没破。

司机还瘫坐在驾驶座上，头耷拉着，与肩膀形成一个别扭的角度。他是个瘦削的黑头发小伙子，不久之前准还漂漂亮亮的。如今他的脸青里透白，低垂眼皮下的双眼暗淡无神，嘴里含着沙子。额头左侧，泛白的皮肤上有块暗沉的淤青，很显眼。

奥尔斯后退两步，清了清喉咙，用火柴点燃那根小雪茄。"怎么回事？"

那个穿制服的一抬手，指了指码头末梢东张西望的人群。其中有一个人正指着那些白色栏杆上的一处大豁口。开裂的木材露出黄色的干净内里，犹如刚砍断的松木。

"从那儿穿过去的。肯定撞得很凶。雨早就停了，大概昨晚九点钟吧。撞断的木头里面是干的。说明是雨停后撞上去的。车子冲下去的位置水挺深，不然摔得更严重。但水位不会比半潮时高，不然车会漂得更远，而且应该发生在退潮的时候，不然车会撞到桥桩上。说明是昨晚十点左右。也许九点三十分吧，不会更早。今天早上小伙子们过来钓鱼时，车从水里露头了，我们就叫来驳船用吊索把车拉了上来，结果发现里面有个死人。"

那个便衣警察用脚尖摩擦了一下甲板。奥尔斯斜眼朝我看过来，手指把那根小雪茄当香烟似的摆动着。

"喝醉酒了？"他问道，也不知道究竟是在对谁说话。

之前在用毛巾擦头发的那个人走到护栏前,大声清了清嗓子,引得大家都来看他。"嘴里进沙子了,"说着他啐了一口,"没那个小子吃得多——但也不少。"

穿制服的那位说:"可能喝醉了。在大雨里一个人卖弄车技。醉鬼什么都做得出来。"

"喝醉了,见鬼,"便衣说,"油门手柄拉下了一半,那家伙的脑袋一边被砸伤了。要我说就是谋杀。"

奥尔斯看看拿着毛巾的那位。"你怎么看,老弟?"

那个拿着毛巾的人一副很荣幸的样子。他咧嘴笑着。"我觉得是自杀,老兄。这事跟我无关,不过既然你问我嘛,我觉得是自杀。首先,那家伙开车冲下码头,车辙是笔直的。附近都能看到他的车胎印子。说明时间是下过雨后,就像警长说的那样。然后他干净利落地狠狠撞上码头,不然不会撞穿栏杆,而且右侧车身朝上落到水底。更可能翻了好几圈。所以他是加足了马力,径直向栏杆撞去的。油门手柄不止下了一半。他可能是落水时伸手拉的,脑袋也可能是落水时弄伤的。"

奥尔斯说:"看得很仔细,老弟。搜过他的身了吗?"他问那警长。警长看看我,又看看靠在驾驶舱上的船员们。"得,免了吧。"奥尔斯说。

一个戴着眼镜、一脸倦容的小个子拎着一只黑包从码头上拾级走了下来。他在甲板上挑了一个干净的位置,放下了提包。接着他脱下帽子,摸摸颈背,向大海放眼凝望着,仿佛不知道自己身在何处,又是来干吗的。

奥尔斯道:"你的生意来了,医生。昨晚掉下码头的。九十点钟左右。我们就知道这么多了。"

那小个子阴着脸看了看车窗里的死人。他伸出手指碰了下死人的脑袋,端详了一番太阳穴上的瘀伤,用双手托起那颗脑袋转了两下,摸了摸他的肋骨。他抬起死人一只松弛的手掌,注视着指甲。他放掉那手掌,看着它荡下去。他退后几步,打开提包,拿出一本印好的 D. O. A① 表格,在一张复写纸上写起来。

"脖子断裂显然是死亡原因,"他边说边写,"意味着他体内不会进很多水。意味着现在他处在空气里了,应该很快就会变僵硬。最好在他变僵硬前把他从车里弄出来。等僵硬后再弄就很麻烦了。"

奥尔斯点点头。"死了多久了,医生?"

"我还不知道。"

奥尔斯机敏地看看他,从嘴里拿出那根小雪茄,转而机敏地看着它。"很高兴认识你,医生。一个验尸官如果五分钟内估不出死亡时间,我只好认输。"

那小个子苦笑两下,把本子放进包里,笔夹回马甲上。

---

① 即 Dead On Arrival 的缩写,意为"病人送到时已经死亡"。

"要是他昨晚吃了晚饭,我就可以告诉你——要是我知道他是什么时候吃的晚饭。但五分钟肯定不够。"

"他的瘀伤是怎么来的——摔的?"

那小个子又看了一眼伤痕。"我觉得不是。重击来自某样包裹住的东西。而且他还活着的时候,皮下已经出血了。"

"金属棍棒,嗯?"

"很有可能。"

验尸官点点头,从甲板上拎起包,沿着台阶走回了码头。一辆救护车正在灰泥拱门外倒车,想找一个合适的位置停下。奥尔斯看了我一眼,说道:"走吧。基本上白来了,是吧?"

我们沿码头原路返回,再次上了奥尔斯的车。他在高速公路上吃力地调了个头,顺着一条被雨洗净的三车道公路返城。连绵起伏的山丘掠过两旁,黄白相间的沙土上长满一重重粉色的苔藓。海那边,几只海鸥在空中盘旋,突然猛扑向浪花上的什么东西;很远处有艘游艇,仿佛悬挂在天际。

奥尔斯朝我一戳下巴,说道:"认识他吗?"

"当然。斯特恩伍德家的司机。昨天我在那儿见过他,当时他擦的就是这辆车。"

"倒不是要盘问你,马洛。就说他跟你那件事有没有关系吧?"

"没有。我连他名字都不知道。"

"欧文·泰勒。我怎么知道的？说来有意思。大约一年前，他因为触犯《曼恩法案》①蹲了班房。好像是他带着斯特恩伍德的傻女儿，年纪小的那个，逃去了尤马②。大女儿一路追赶，逮回了他俩，把欧文送进了大牢。第二天她却又来找地方检察官，非让他替那小子向州检察官说情。她说那小子要娶她妹妹，是真心的，只是她妹妹不明白。她只想着在酒吧痛快喝上几杯，给自己弄场派对。所以我们就把那小子放了，至于他们是否还要他回去做事，我们就不管了。过了一阵华盛顿发来了他指纹的例行报告，原来他在印第安纳州有过前科，大概六年前企图抢劫。他坐了六个月牢，关他的就是迪林杰③越狱的那个看守所。我们把报告交给斯特恩伍德家的人看了，可他们还是留他当司机。对此你怎么看？"

"这家人好像挺古怪的，"我说，"昨晚的事他们知道了吗？"

"没有。这就得去通知他们。"

"尽量别惊动老人吧。"

"为什么？"

"他的麻烦够多了，而且病了。"

"'麻烦'是指里根？"

---

① 1910年美国国会通过的一项法案，禁止州与州之间贩运妇女。
② 美国亚利桑那州西南部城市。
③ John Dillinger（1902—1934），美国土匪头目，多次结伙抢劫银行，1933年被联邦调查局宣布为"头号公敌"。

我沉下脸。"之前说了，我对里根一点也不了解。我没在找里根。就我所知，没有人在操心里根。"

奥尔斯说："噢。"他若有所思地凝望着窗外的大海，都快把车开到路外面去了。剩下的返城路上，他几乎一言不发。到达好莱坞后，他在中国戏院附近放我下了车，随后调头向西边的阿尔塔·布雷亚新月街道驶去。我找了家店，在柜台上吃了午饭，看了一眼午后的报纸，没有找到任何有关盖革的消息。

吃完饭我在大道上往西走，准备再去盖革的店里瞧一瞧。

10

那个瘦削的黑眼睛信贷珠宝商站在店门口，姿势跟昨天一模一样。看我转进盖革的店，他向我投来一模一样的会心眼神。店里看起来也是一模一样。同一盏台灯在屋角的小桌上亮着，穿着同一件黑色麂皮套裙的同一个灰金色头发姑娘从桌后站起，脸上挂着同一抹羞怯的笑容向我走来。

"是要——?"她话说半截停下了。她银色的手指甲在身侧扯动着。她的笑容背后透着些紧张。其实那根本不是笑。是一脸怪相。她以为自己在笑罢了。

"又回来了，"我快活地朗声说道，还挥了挥手里的香烟,"盖革先生今天在的吧?"

"恐——恐怕他不在。不——恐怕他不在。我想想看——你是要……"

我摘下墨镜,用它优雅地轻轻敲打着左手手腕内侧。若是一个人真能在体重达一百九十磅的同时翩然若仙,我正力而为。

"上次提到那几本初版书,不过是装装样子,"我低语道,"我说话得谨慎点。我这儿有他想要的东西。他想要了很久的东西。"

她的银色指甲越过戴着小巧的乌黑纽扣耳环的一边耳朵,摸了摸头发。"噢,是销售员啊,"她说,"行——你明天来吧。明天他应该在的。"

"别装蒜啦,"我说,"我也是干这行的。"

她眯起眼睛,直到它们缩小成淡绿色的光点,就像森林里深深掩映在树影之后的一潭池水。她的手指挠着手掌心。她盯着我,急促地吐出一口气。

"他生病了?我可以上他家去,"我不耐烦道,"事儿有点急。"

"你——呃——你——呃——"她喉头哽塞住了。我觉得她简直要一脸栽下去。她浑身颤抖,脸四分五裂,活像新娘子和的馅饼皮。她把脸慢慢拼接起来,仿佛纯粹凭借意志力在抬一件重物。那抹笑容重现了,边边角角却是破烂的。

"不行,"她喘着气说,"不行。他不在城里。那样——白搭。你不能——明天——来吗?"

我张开嘴,刚想说点什么,小隔间的门却露出一英寸的缝隙。那个身穿紧身外套的高个帅小伙向外望了望,他面色苍白、嘴唇紧闭,一见我在,迅速关上了门,但我已经看到他身后的地上有很多木箱,里面衬着报纸,散乱地装着书。一个穿着簇新工作服的男子正在箱子间忙活。是盖革的一些存货正被运走。

看门关了,我重新戴好墨镜,碰了一下帽子。"那么就明天吧。我给你张名片好了,但你也知道,我们的名片是怎么回事。"

"是,是的。我知道你们的名片是怎么回事。"她又颤抖了一小阵,明亮的嘴唇间发出轻轻的咇吸声。我出了店门,在大道上向西走到街角,再沿着马路往北走到那排店面背后的巷子。一辆两边有金属栅栏的黑色小卡车背对盖革的店停着,车上没有印字。那个一身崭新工作服的男子刚把一个箱子搬上卡车后挡板。我返回大道,在与盖革的店相邻的街区沿途发现消防栓旁停着一辆出租车。一个一脸稚气的小伙儿正坐在方向盘后面读一本恐怖故事杂志。我把头探进车窗,给他一块钱。"盯不盯梢?"

他打量了我一番。"警察?"

"私家的。"

他咧嘴笑了。"你算找对人了,老兄。"他把杂志塞在后视镜上面,我上了车。我们绕过那个街区,在盖革店铺后面的小巷对过停下车,旁边是另一个消防栓。

这时车上已经装了十来个木箱,那个穿工作服的男子关上铁栅栏门,翻起后挡板固定好,随后坐上驾驶座。

"跟着他。"我对司机说。

那穿工作服的男人发动了卡车,上下扫了一眼巷子,往另一个方向飞驰而去。他向左拐出了巷子。我们也一样。我瞥见卡车往东转上了富兰克林大街,便对司机说稍微跟紧点。他没跟紧,也可能是办不到。等我们驶上富兰克林大街时,我看到卡车在前方两个街区。之后的一段路程我们没让卡车离开视线:跟着它到了藤街又穿行而过,一路去往西大道。过了西大道,我们只见着两回那辆卡车。车来车往很多,那毛头小子跟得太靠后了。我骂着粗话说他太慢了,这时那辆遥遥领先的卡车又向北转了。他拐弯的那条路叫布列塔尼街。而当我们到达布列塔尼街的时候,卡车已经不见了。[①]

那毛头小伙在隔板那头说着安慰我的话,我们以四英里的时速驶上山坡,在灌木丛后面寻找那辆卡车的踪影。往上两个街区,布列塔尼街向东拐弯,在一处山岬与兰德尔街交

[①] 根据地图稍微对这几条街道的方位作一简要的交代:富兰克林大街(Franklin Ave)东西走向,当车由西向东行驶时,该大街先后与藤街(Vine St)和西大道(Western Ave)两条南北走向的干道相交。

汇。山岬上有栋白色公寓楼，正门开在兰德尔街，地下车库的入口却在布列塔尼街。我们驱车经过，那小伙子对我说卡车不会走远的，这时候我朝车库的拱门里看了一眼，只见那辆卡车就停在昏暗的一角，后门又打开了。

我们绕到公寓楼正门前，我下了车。大厅里没有人，也没有电话转接台。一张木桌靠墙放着，墙边的板壁上挂着许多镀金信箱。我浏览了一遍住户名字。有个叫乔·布罗迪的男子住在405室。有个叫乔·布罗迪的男子收了斯特恩伍德将军五千块，才跟卡门断掉往来，换了别的小姑娘厮混。这两人可能是同一个乔·布罗迪。我都想押注赌一把了。

我一个急转弯拐过墙角，走到铺了瓷砖的楼梯底下，眼前是电梯井。此时的电梯顶端与地板持平。电梯井旁有扇门，门上印着"车库"。我打开门，沿着促狭的台阶走进地下室。电梯门被撑开着，那个穿崭新工作服的男人正在里面堆放木箱，一边不停嘟嘟囔囔。我站到他身旁，点上一根烟，看着他。我看得他很不舒服。

过了一会儿我说道："当心东西超重，老弟。这电梯只能装半吨货。送去哪儿？"

"布罗迪家，405室，"他嘟哝道，"你是楼管？"

"是啊。看起来是些值钱货。"

他用眼圈泛白的眼睛瞪着我。"都是书，"他吼道，"一百磅一箱，费劲啊，七十五磅重的东西就够我背的了。"

长眠不醒 | 057

"嗯,当心东西超重,老弟。"

他往电梯里搬了六个木箱,关上门。我踏着台阶回到大厅,走到街上,坐出租车返城,去了我的办公大楼。我给了那个毛头小伙一大笔钱,他给了我一张皱巴巴的名片;只有这一回,我没有把这种东西顺手丢进电梯口旁边盛着沙子的上釉陶罐里。

七楼靠后的位置有我的一间半房间。那半间办公室一隔为二成了接待室。只有接待室的门上印了我的名字,没有别的内容。接待室的门我从来不锁,生怕有客户驾临,想坐着等我回来。

果然有客户上门。

11

她穿着棕色斑点花呢衣服,男子气的衬衫外打着领带,脚上是一双手工雕花徒步鞋。她的长筒丝袜和昨天一样薄,不过腿露出得没有那么多。她乌黑发亮的头发上戴着一顶棕色的罗宾汉式帽子。那帽子也许足足值五十块钱,但看起来就像你能单手用一张吸墨纸折出来似的。

"嗬,你终于起床了。"说着她皱皱鼻子,眼睛扫过那把褪色的大红长靠椅,那两把不成对的小安乐椅,那块亟须清洗的网眼窗帘和那张像是男童用的阅览桌。桌上放着几本正儿八经的杂志，好让这地方带点专业范儿。"我都开始这么想了：也许你是在床上干活的，跟马塞尔·普鲁斯特一样。"

"他是谁啊？"我叼起一根烟，注视着她。她脸色有点苍白，有点紧张，但看她的样子，应该是能够扛着压力做事的。

"一个法国作家，最擅长描写堕落之徒。你不会想认识他的。"

"啧，啧，"我说，"来我的'闺房'里谈吧。"

她站起身，道："昨天我俩相处得不太愉快。也许是我无礼了。"

"我俩都挺无礼。"我说。我打开连通两间房间的门，为她撑住门板。我们走进这套间余下的区域，屋里有赭色的地毯，已经不太新了；五个绿色文件夹，其中三个装满加州的气候信息；广告日历，印着五胞胎①在天蓝色的地板上滚来滚去，她们都是一身粉红连衣裙，暗褐色的头发，那一双双机敏的黑眼睛就跟特大号的李子一般大。有三只仿胡桃木椅子，一张常见的书桌，上头摆放着常见的吸墨纸、全套钢笔用具、烟灰缸和电话机，桌后是一把常见的吱嘎作响的旋转椅子。

"你倒也不是特别讲究派头。"她说着，在属于客户的桌

---

① 指的应该是加拿大的迪翁五胞胎姐妹（The Dionne Quintuplets），出生于1934年，是有史以来首例存活过婴儿期的五胞胎。在钱德勒写作《长眠不醒》的二十世纪三十年代后期，迪翁五胞胎名声很大，许多印刷品上都能看到她们的形象。

子那头坐了下来。

我走到信箱前,从里面拿出六个信封、两封信件和四份广告传单。我把帽子挂在电话机上,落了座。

"平克顿事务所的侦探也不讲究,"我说,"如果为人老实,在这行当里发不了财。如果你好摆派头,那说明你发财了——或者很想发财。"

"哦——你为人老实吗?"她问道,一边打开了包。她从一只珐琅烟盒里抬出一根烟,用随身携带的打火机点上了火,随后把烟盒和打火机往包里一扔,任由包口敞着。

"勉强老实着。"

"你是怎么干起这肮脏的行当来的?"

"你又是怎么嫁给一个走私酒贩的?"

"老天啊,我俩可别又吵起来啦!一早上我都在打你电话。往这儿打也往你家里打。"

"为欧文的事?"

她的脸猛地紧绷了起来。她的声音很轻柔。"可怜的欧文,"她说,"这么说事情你都知道了。"

"有个地方检察官的手下带我去过里多了。他觉得我或许知道一些内情。结果他知道的比我多。他知道欧文想娶你妹妹——一度。"

她一口一口抽着烟,不作声,用那双黑眼睛定神端详着我。"也许那不是个坏主意,"她静静说道,"他爱上她了。

在我们的圈子里这种情况不多。"

"他有前科。"

她耸耸肩。随后无所谓地说："他交友不慎。在这个充斥着犯罪的堕落国度，前科的意思就是交友不慎。"

"我不想扯那么远。"

她脱下右手手套，咬了咬食指的第一节，目不转睛看着我。"我来找你不是为了欧文。现在你觉得你能告诉我父亲为什么要见你了吗？"

"未经他同意，不能说。"

"是跟卡门有关吗？"

"连这点也不能说。"我塞好烟斗里的烟草，用火柴把它点着。她盯着那缕上升的烟看了片刻。接着她的手伸进敞开的包，拿出一只厚实的白信封。她把信封掷过书桌。

"不管怎么样，你最好还是看一下这个。"她说。

我拿起信封。收信人地址是打字机打的：西好莱坞区阿尔塔·布雷亚新月街道3765号，维维安·里根太太收。用的是邮政快件，邮戳显示是上午8:35寄出的。我打开信封，抽出一张闪亮的4.25英寸×3.25英寸照片。里面没有别的东西。

照片上，卡门坐在盖革家平台上的高背柚木椅子上，戴着耳环，赤条条像从娘胎里刚出来。她的眼神甚至比我记忆中的样子更癫狂。照片背面是空白。我把它放回信封里。

长眠不醒 | 061

"他们开价多少?"我问道。

"五千——换回底片和剩下的照片。交易今晚就得了结,不然他们就把那些玩意儿寄给花边小报。"

"你是怎么知道他们的要求的?"

"有个女人打我电话,大约半个钟头后,信就送来了。"

"花边小报什么的倒不用担心。现在谁要那么做,陪审团都不用走下陪审席就能判他们有罪。还说了别的什么?"

"非说了点别的什么不可吗?"

"没错。"

她略带困惑地注视着我。"有的。那女人说,这照片还跟一桩刑事案件有关,我最好赶紧交钱,不然我就要隔着铁窗跟我妹妹说话了。"

"这句比较有用,"我说,"什么刑事案件?"

"不知道。"

"卡门现在在哪?"

"在家。她昨晚病了。她还没起床吧,我想。"

"她昨晚出门了吗?"

"没有。我出门了,但用人们说她没出去。我去了拉斯奥林达斯,在艾迪·马尔斯的柏树俱乐部里玩轮盘赌。输了个精光。"

"这么说你喜欢玩轮盘赌。那是得输个精光。"

她交叉起两腿,点上另一根烟。"是的。我喜欢轮盘赌。

斯特恩伍德家的人都喜欢玩啥输啥，比如轮盘赌，比如嫁给会抛弃妻子的男人，比如在五十八岁的年纪还参加越野赛马，结果被马踩成了终身残疾。斯特恩伍德家有钱。但那么多钱买来的只是一张眼下难以兑现的凭据。"

"昨晚欧文开着你的车干吗去了？"

"谁知道呢？他未经允许就把车开走了。他休息的日子，我们总是准许他把车开出去的，但昨晚没轮到他休息。"她一撇嘴巴，"你是觉得——"

"他知道这张裸照吗？我怎么能下定论呢？只是不能把他排除在外。你能立马拿出五千块现金吗？"

"不能，除非告诉爸爸——或者借。也许我能问艾迪·马尔斯借。他应该对我很大方，天知道。"

"最好还是去借吧。这回你是有急用了。"

她往后一靠，手搭在椅背上。"报警怎么样？"

"好主意。但你不会报警的。"

"是吗？"

"不会。你得保护你父亲和你妹妹。你拿不准警察会查出点什么来。也许是某个他们绕不过去的问题。虽然他们查起勒索的案子来向来费劲。"

"你能帮上忙吗？"

"我想可以。但我没法告诉你为什么要帮或者怎么帮。"

"我喜欢你，"她突然说，"你相信奇迹。想在办公室里喝一杯吗?"

我打开上锁的深抽屉,拿出那瓶我在办公室喝的酒和两个小玻璃杯。我在杯子里倒上酒,我俩喝了起来。她啪嗒关上包,把椅子往后一推。

"我会弄到五千块的,"她说,"我一直照顾艾迪·马尔斯的生意。他会对我好,还有另一个原因,你不见得知道,"她朝我笑了笑,可还没等眼眉露出笑意,嘴上的笑竟已经消失了,"艾迪的金发老婆就是那个跟拉斯蒂私奔的女人。"

我什么也没说。她紧紧盯着我,加了一句:"对此不感兴趣?"

"这样一来,应该能更容易找到他了——如果我确实在找他的话。你觉得他跟这破事儿没关系是吧?"

她把空酒杯推到我面前。"再来一杯。从没见过口风像你这么紧的家伙。连一点耳边风都吹不了。"

我给小杯子倒上酒。"你已经从我这儿打听到所有想知道的东西了——知道我没在找你丈夫,你应该很高兴。"

"拉斯蒂不是坏人。就算他走过邪道,也并不是为钱。他身上有一万五千块现钞。这笔钱他称之为'应急钱'。跟我结婚时他带着这笔钱,离我而去时还是钱不离身。不会——拉斯蒂不会干这种掉价的勒索勾当。"

她伸手拿了信封,站起身来。"我会跟你保持联系,"我说,"如果你想给我留言,就跟我家公寓楼里接电话的姑娘说好了。"

我们朝门口走去。她用信封轻轻敲着指关节,说道:"你还是觉得不能告诉我爸爸——"

"我必须先去见他。"

她抽出照片,站在门口内侧看着它。"她娇小的身体很漂亮,对吧?"

"嗯——哼。"

她稍微靠过来了一点。"你应该看看我的。"她认真地说。

"可以安排一下吗?"

她突然尖声大笑起来,半个身子出了门,随后转过头来冷冷说道:"头一回见到像你这么冷血的禽兽,马洛。还是说我可以叫你菲尔①?"

"当然可以。"

"你可以叫我维维安。"

"谢谢,里根太太。"

"噢,去死吧,马洛。"她头也不回地走了出去。

我轻轻甩上门,手撑在门上兀自站着,眼睛盯着手。我的脸有点烫。我走回办公桌旁,藏好酒,洗干净那两只小玻

---

① "菲利普"的昵称。

长眠不醒 | 065

璃杯，收了起来。

我拿掉电话机上的帽子，拨通地方检察官办公室的电话，找伯尼·奥尔斯。

他已经回到了自己的小天地。"嗯，我没惊动那老头，"他说，"管家说他或者女仆会告诉他的。这个欧文·泰勒住在车库楼上，我翻了翻他的东西。父母住在衣阿华州迪比克。我给那边的警察局长发了电报，让他帮忙问下他们需要我们做些什么。费用由斯特恩伍德家来承担。"

"是自杀？"我问。

"不好说。他什么纸条都没留下。他无权把车开出去。昨晚除了里根太太，每个人都在家。她去了拉斯奥林达斯，跟一个名叫拉里·科布的花花公子厮混。我查过了。我认识他们赌桌上的一个小伙儿。"

"那种豪赌你应该禁掉一些的。"我说。

"在这么个辛迪加黑帮横行的国家，我去禁赌？别孩子气啦，马洛。那小伙子头上遭棍棒击打的伤口让我有点想不通。在这点上，你肯定帮不了我吗？"

我喜欢他这么说话。让我可以说不，却不必真的撒谎。我们道别后，我离开办公室，买齐了三份午后报纸，坐着一辆出租车去法院，把车从停车场里开了出来。三份报纸上都没有提及盖革。我又看了一眼他的蓝色笔记本，可那堆密码还是像前一天晚上那样难以破解。

12

拉维恩街地势较高一侧的树经过雨水的冲洗，叶子仿佛换上了鲜绿的新装。透过凉快的午后日光，我看到山上的陡坡，也看到凶手在黑暗中开完三枪后疾奔而下的那段台阶。下方有两幢临街的小房子。那两家人可能听到了枪声，也可能没听到。

不管是盖革家门前，还是这个街区的其他地方，都没有动静。黄杨树障碧绿、平静，屋顶上的木瓦片还是湿漉漉的。我驱车缓缓驶过，始终在思忖一件事。前一天晚上我没去查看车库。发现盖革尸体不见了的时候，我并没有真的想找到它。当时我还没准备好，去找的话太勉强。不过想让别人几天甚至几个礼拜都找不到盖革，那把他的尸体拖去车库，再拖上他的车运去洛杉矶周边那上百条荒凉偏僻的峡谷中的一条，确实是个好主意。这么做要有两个前提：凶手有他的车钥匙和家门、车库的两把钥匙。这么一来，搜索范围就变小很多，尤其是尸体消失时，他身上那串钥匙已经在我口袋里了。

我没有机会看一眼车库。门关着，还上了锁，当我走到跟树障并排的位置时，树后面竟有什么东西在动。一个女人从曲径里走了出来。她穿一件绿白相间的格子外套，柔软的金发上戴一顶小圆帽子，两眼发直地看着我的车，好像没听到它上山似的。接着她迅速一转身，不知闪到哪里去了。是卡门·斯特恩伍德，显而易见。

我又往上开了一段，停好车走回来。光天化日，这么做好像在暴露自己，很危险。我穿进树障。她笔挺地站在那儿，默然靠着上锁的大门。她把一只手慢慢抬到嘴边，啃咬起奇形怪状的大拇指来。她眼睛下面有紫色的污斑，紧张不安折磨得她脸色惨白。

她朝我似笑非笑，说："你好。"声音又细又尖。"什——什么？"她的嗓门越来越低，又啃起拇指来。

"记得我吗？"我说，"道格豪斯·赖利，就是那个长得太高的家伙。记得吗？"

她点点头，一抹痴呆的笑容在脸上飞掠而过。

"我们进去吧，"我说，"我有钥匙。厉害吧？"

"什——什么——？"

我把她推到一旁，拿钥匙开了门，推她进屋。我重新关上门，站在那儿闻着。阳光照射下，那地方很可怕。墙上的中国旧货，地毯，花里胡哨的台灯，柚木家具，难分难解的各种颜色，图腾柱，盛放乙醚和鸦片酊的大肚瓶——白昼里的这一切透着一股见不得人的污浊，好比一场地下同志派对。

那女孩和我站在那儿面面相觑，她努力想保持住一丝可爱的笑容，但她的脸已经太累了，没这份耐心。所以她仍旧面无表情。她的笑转瞬即逝，犹如海水冲刷走沙滩上的痕迹，她痴呆愚蠢的空洞眼睛下是苍白的皮肤，带着粗糙的颗粒质地。一条泛白的舌头舔着嘴角。这是个被宠坏的漂亮小姑娘，脑子不太灵光，明明犯了大错，却没人采取任何措施。富人都去死吧。他们令我恶心。我手指间翻转着一根香烟，推开挡道的几本书，坐在那张黑色书桌的一头。我点上烟，吞云吐雾，静静看着她啃了一会儿拇指。卡门站在我面前，就像一个坏女孩站在校长办公室。

"你在这儿干吗？"最后我问她。

她扯着外套的一块布，没有作答。

"昨晚的事，你还记得多少？"

这次她回答了——眼里升腾起狡黠的亮光。"记得什么？昨晚我病了。我在家。"

"在家个鬼啊！"

她的眼珠子飞快地上下转了转。

"在你回家之前，"我说，"在我送你回家之前。这儿。在那把椅子上，"——我指了指椅子——"坐在那块橘黄色披巾上。你肯定记得的。"

她的脖子渐渐红了。太好了。说明她是会脸红的。混浊的蓝灰色眼球下面出现了一丝白色。她用力咬着大拇指。

"你——是那个人？"她轻声说道。

"是我。你还记得些什么?"

她茫然道:"你是警察?"

"不是。我是你父亲的朋友。"

"你不是警察?"

"不是。"

她轻轻叹了口气。"什——你想知道什么?"

"是谁杀了他?"

她肩膀抽搐了一下,但表情还是毫无变化。"还有谁——知道?"

"关于盖革?我不知道。警察也不知道,否则他们已经来扎营了。也许乔·布罗迪知道。"

这是黑暗中盲目的一击,却让她惊叫起来。"乔·布罗迪!他啊!"

接着我俩都沉默了。我管我抽烟,她管她咬大拇指。

"别自作聪明,看在上帝分上,"我催促她,"现在要的只是一点点老派的直截了当。布罗迪有没有杀他?"

"杀谁?"

"噢,老天爷啊。"我说。

她一脸委屈,下巴放低了一英寸。"是的,"她正色道,"是乔杀了他。"

"为什么?"

"我不知道。"她摇摇头,让自己相信她确实不知道。

"最近经常见他吗?"

她两手一垂,用力绞着,打成一个个白色的小结。"就见过一两次。我恨他。"

"这么说你知道他住在哪儿。"

"是的。"

"你再也不喜欢他了。"

"我恨他!"

"那么你是愿意让他去坐牢的。"

又陷入了片刻的茫然。我催问得太紧了。要跟她的思路保持一致很难。"你愿意告诉警方凶手是乔·布罗迪吗?"

她顿时害怕得双颊通红。"当然了,我是说如果我能不让拍裸照的事抖出来的话。"我用抚慰的口气加了一句。

她咯咯笑了。这令我心生厌恶。她尖叫也好,大哭也罢,哪怕是一个猛子扎到地上昏死过去,都没问题。可她就是咯咯傻笑。她突然就觉得非常好玩。明明她在相机镜头里活像伊希斯①,照片也叫人偷走了,有人当着她的面打死了盖革,而且当时她醉得比聚会上的退伍军人还厉害,突然这一切竟都成了乐趣十足的事。所以她要咯咯笑。非常可爱。笑声益发响了,萦绕在房间四角,仿佛墙壁里乱窜的老鼠。她发起疯来。我飞快跳下书桌,走到她面前给了她一个耳刮子。

---

① Isis,古代埃及司生育和繁殖的女神。

长眠不醒 | 071

"跟昨晚一样,"我说,"我俩就是一对活宝。赖利和斯特恩伍德,俩配角,在找一个喜剧演员。"

"你的名字不是赖利,"她严肃地说,"是菲利普·马洛。你是个私家侦探。维维安告诉我的。她给我看了你的名片。"她摸着吃了我耳光的那边脸。她朝我笑笑,好像我是个好伙伴。

"行啊,你记性倒不差,"我说,"你回来是为了找照片,可你进不了屋。对不对?"

她的头猛地一低,又抬了起来。她笑得更厉害了。

我吸引了她的目光。我也成了个滑稽可笑的傻帽。不消一分钟,我就该大叫:"嚯嚯!"然后邀她一起去尤马。

"照片不见了,"我说,"昨晚带你回家前我找过。兴许是布罗迪拿走了。关于布罗迪的事你没骗我吧?"

她真诚地摇摇头。

"这事很简单,"我说,"你不需要有丝毫犹豫。别告诉任何人你来过这儿,不管是昨晚还是今天。连维维安也别说。彻底忘掉你来过这儿。交给赖利来处理。"

"你的名字不是——"她刚起了个话头就住口了,剧烈地摇着头,不知是对我说的还是对自己刚想到的表示同意。她把眼睛眯得几乎只剩下黑色的一条线,薄得仿佛自助餐厅托盘上的一层瓷漆。她有了一个主意。"现在我得回家了。"她说道,好像我俩刚才在喝茶聊天。

"没问题。"

我没动。她又娇媚地瞥了我一眼，朝门口走去。她刚把手放到门把上，我俩就都听到了汽车的声响。她看着我，眼里满是疑惑。我耸耸肩。车开到房子正前方，停下了。她吓得脸都歪了。一阵脚步声传来，门铃响了。卡门扭头盯着我，手紧抓门把，害怕得口水都快流出来了。门铃还在响。接着门铃声断了。门锁里有把钥匙在轻轻转动，卡门见状赶忙跳了开去，呆立一旁。门一下子开了。一个男子健步走了进来，猛地立定，静静注视着我俩，丝毫不见慌张。

13

是个穿灰色衣服的男子，一身灰，除了那双精致的黑皮鞋，还有灰色绸缎领带上那两颗犹如赌盘装饰的鲜红钻石。他的衬衫是灰色的，外面套着的双排扣法兰绒上装质地柔软、剪裁漂亮。看到卡门，他便摘下那顶灰色帽子。他的头发柔顺得仿佛用网纱筛过。他浓密的灰色眉毛透着股难以名状的放荡不羁。他长下巴，鹰钩鼻，那双深邃的眼睛总像在斜眼看人，其实是上眼睑的皮肤褶皱垂下来盖住了眼角的缘故。

他彬彬有礼地站在那儿，一只手摸着身后的门把，另一只手用帽子轻轻拍打着大腿。他看上去挺冷酷，却不是硬汉的那种冷酷。他的冷酷,更像是属于一个饱经风霜的骑手。可他不是骑手。他是艾迪·马尔斯。

他推上身后的门,手插进缝了叠口的外套口袋,把大拇指留在外面,好让它在屋内昏暗的光线里闪闪发亮。他朝卡门笑笑。他笑起来亲切而随和。她舔了舔嘴唇,注视着他。她脸上的恐惧消散了。她也报以微笑。

"原谅我贸然闯进来,"他说,"好像没人听到门铃声。盖革先生在吗?"

我说:"不在。我们不知道他在哪里。看到门开了条缝,我们就进来了。"

他点点头,帽檐轻触着长长的下巴。"你们准是他的朋友吧?"

"就是生意上的相识。我们顺道来拿一本书。"

"一本书,嗯?"这句话他说得又快又机敏,在我看来,还带着一点心照不宣,好像他对盖革的书一清二楚。接着他看了一眼卡门,耸耸肩。

我朝门口走去。"我们这就走了。"我说。我抓住她的手臂。她正盯着艾迪·马尔斯看。她喜欢他。

"有没有话要捎带——如果盖革回来?"艾迪·马尔斯柔声问道。

"不麻烦你了吧。"

"那太遗憾了。"他的话意味深长。他灰色的双眸闪闪发亮，而当我走过他身旁去开门的时候，他的眼神陡然露出寒光。他用随意的口气补了一句："这姑娘可以走了。我想同你稍微聊两句，当兵的。"

我放开她的手臂，茫然盯着他。"耍花招是吧，嗯？"他和气地说，"别白费力气了。外面的车里坐着我的两个小兄弟，我说往东他们不会朝西。"

卡门在我身旁嘟囔了一声，飞快地窜出门外。她向山下奔去，脚步声旋即消失了。我没看到她的车，看来准是停在下面了。我开口道："到底他妈的——"

"噢，别骂骂咧咧了，"艾迪·马尔斯叹了口气，"这地方有点不对头。我准备查一查到底出了什么问题。你要是不想肚子上挨拳头，就照我说的做。"

"行，行，"我说，"算你厉害。"

"只在有必要的时候才厉害一把，当兵的。"他不再看我。他在屋里走来走去，眉头紧锁，注意力根本没在我身上。我透过正面窗户残碎的玻璃朝屋外望去。树障上露出一个车顶。马达在空转。

艾迪·马尔斯看到了那只大肚瓶和桌上那对金丝玻璃杯。他闻了闻玻璃杯，又嗅了嗅大肚瓶。他唇间泛起一抹厌恶的笑容。"死变态。"他语调平板地说。

他看了一眼那几本书，咕哝了两声，继续向前绕过书桌，在那根装有摄像头的小图腾柱前站定。端详完那根柱子,他的目光落到了它前面的地板上。他伸脚挪开那块小地毯,敏捷地弯下腰,身体紧紧绷着。他趴了下去,单膝跪地。我看他的视线被书桌挡住了一部分。一声惊叹传来,他又站起了身。只见他的臂膀迅速探进外套里,掏出一把黑色的卢格尔手枪[①] 来。他细长的棕色手指握着枪,枪口既没有对准我,也没有对准任何东西。

"有血,"他说,"那边的地板上有血,就在地毯下面。很多血。"

"是吗?"我说道,一副颇感兴趣的样子。

他哧溜一下坐进书桌后面的椅子里,曲指将那台桑葚色的电话机勾近身前,把卢格尔枪换到左手。他诡诈地蹙额看着电话机,两道灰色的浓眉拧出了交集,那只鹰钩鼻鼻梁上的沧桑皮肤出现了深深的褶皱。"我想我们应该报警。"他说。

我上前踢了踢那块地毯。那个位置原本躺着盖革的尸体。"血是以前的,"我说,"干了的血迹。"

"那我们照样得报警。"

"为什么不呢?"我说。

他眯起了眼睛。他已然蜕去伪装,露出本性:一个衣着光鲜、手握卢格尔枪的冷酷家伙。我的附和让他很不高兴。

---

① Luger:一种德国半自动手枪。

"你到底是什么人,当兵的?"

"我名叫马洛。是个侦探。"

"没听说过。那个姑娘是谁?"

"客户。盖革想给她下套,讹她一笔。我们来跟他谈谈。他不在。见门开着,我们便进来等他。是不是已经告诉过你了?"

"倒是真巧,"他说,"你们没有钥匙,门却正好开着。"

"是啊。那你的钥匙是哪里来的?"

"这关你什么事,当兵的?"

"我可以把它当作我的事。"

他不自然地一笑,向后推了推灰色头发上的帽子。"我也可以把你的事当我的事。"

"你不会乐意的。报酬太低了。"

"好吧,聪明人。这房子是我的。盖革是我的房客。现在你还有什么可说的?"

"你结交的人可真不错。"

"我是来者不拒的。各色人等都有。"他低头扫了一眼手枪,耸耸肩,把枪塞回了腋下。"有什么好想法吗,当兵的?"

"想法很多。有人开枪打盖革。或者盖革开枪打完别人,逃走了。或者是别的两个人。或者盖革在搞某种膜拜仪式,对着那根图腾柱举行血祭。或者他晚饭准备吃鸡肉,而他偏

长眠不醒 | 077

偏喜欢在客厅里杀鸡。"

那一身灰的家伙脸色阴沉地看着我。

"我不猜了,"我说,"还是给你城里的朋友打电话吧。"

"我不明白,"他厉声道,"我不懂你这是玩的哪一出。"

"别等了,打电话叫警察吧。他们的反应肯定很激烈。"

他琢磨了一番,人没动。他一脸怪相:嘴唇收拢,紧紧包住牙齿。"我还是不明白你意思。"他有点神经质地说。

"也许今天你运道不好。我认识你,马尔斯先生。拉斯奥林达斯的柏树俱乐部。给大款们提供豪赌的地方。当地的警局你都搞得定,洛杉矶那一路也早已买通。换句话说,有保护伞。盖革干的买卖也需要那个。既然他是你房客,没准你会不时帮他一把。"

他嘴唇都白了,歪成杀气腾腾的怪模样。"盖革干了什么买卖?"

"非法租售淫秽书籍。"

他逼视着我,足足有一分钟。"有人铆上他了,"他柔声说,"这你也略知一二。今天他没在店里现身。他们不知道他在哪里。打电话过来也没人接听。我过来看看出了什么事。结果在毯子下面的地板上发现了血迹。还碰上了你和那个姑娘。"

"稍微有点站不住脚,"我说,"不过你这故事大概还是卖得出去,愿者上钩嘛。然而你漏掉了一小点。今天有人从他店里把书运走了——就是他租出去的那些好书。"

他轻快地打了个响指,说道:"我应该想到这点的,当兵的。你好像知道真相。那你觉得是怎么回事?"

"我觉得盖革被人害了。我觉得那是他的血。书正在转移出去,所以要先把盖革的尸体藏上一阵。有人正在接管盖格的买卖,需要一点时间做安排。"

"他们办不到的。"艾迪·马尔斯气愤地说。

"谁说的?靠你和你外面车里的那几个杀手?我们这个城市现在变大了,艾迪。最近来了一些非同寻常的狠角色。这就是人口增长酿成的苦果。"

"你的话太他妈多了。"艾迪·马尔斯说。他露出牙齿,急促地吹了两声口哨。门外有扇车门砰一下关上,接着是奔跑的步伐穿过树障。马尔斯一个轻巧的动作,又把枪拔了出来,指着我的胸膛。"开门。"

门把手一阵响动,有人在外面喊。我没动。卢格尔枪的枪口如同第二街上的地道入口,但我没动。我必须渐渐习惯一点:我并不是子弹打不透的金刚之身。

"你自己去开,艾迪。你凭什么对我吆五喝六?态度好点儿,没准我还会帮你一把。"

他僵硬地站起身,绕过桌子尽头,走向门口。他开了门,眼睛却始终盯着我。两个男人跌跌撞撞进了屋,急匆匆伸手往腋下掏。其中一个小伙子显然是打拳击的,脸色苍白，鼻子歪斜，一边耳朵像块小牛排。另外那个身材瘦长，顶着一头金发，面无表情，两只无神无色的眼睛靠得特别紧。

艾迪·马尔斯说："看看他身上有没有带枪。"

那个金头发的家伙唰地拿出一把短管手枪，站在那儿，枪口对着我。那拳手慢腾腾侧身走过来，仔细搜着我的口袋。我转身任他搜，像个倦怠的美女模特正在展示一件晚礼服。

"没有枪。"他粗声粗气地说。

"看看他是什么人。"

那拳手伸手轻轻探进我的胸袋里，把我的钱包抽了出来。他翻开钱包，端详起里面的东西来。"名叫菲利普·马洛，艾迪。住在富兰克林大街的霍巴特大厦。私家侦探执照，副职警衔徽章，还有些别的东西。是个探子。"他把钱包塞回我的口袋，轻轻拍了拍我的脸，转身走了。

"走吧。"艾迪·马尔斯说。

那俩打手又走出屋子，关上了门。传来他们上车的动静。他们发动马达，重新让它空转起来。

"行。说吧。"艾迪·马尔斯厉声道。他两边眉毛的顶端弯成了两个尖角，像两座山峰抵着额头。

"我还没准备说出来呢。杀死盖革来霸占他的生意是个昏招，就算盖革已经被人杀了，我也无法肯定事情就是那样的。但我敢肯定，书现在到了谁手里，谁就知道真相，我也敢肯定，准是发生了什么事，叫盖革店里的那个金发女郎吓破了胆。至于谁得到了那批书，我有个猜想。"

"谁？"

"这就是我还没准备说出来的部分。我有个客户，你知道的。"

他皱了皱鼻子。"那个——"他迅速掐断了话头。

"我还以为你认识那姑娘呢。"我说。

"谁得到了那批书，当兵的？"

"还没准备说，艾迪。我凭什么要说？"

他把枪放到桌上，用张开的手掌心拍了拍。"凭这个，"他说，"我可以让你觉得不吃亏。"

"这才像话嘛。枪就算了。钱的声音一来，我耳朵总是最灵。你愿意出什么价？"

"你能为我做什么？"

"你想要办什么事？"

他狠狠捶了一下桌面。"听着，当兵的。我问你一句，你也问我一句。这样就成兜圈子了。我想知道盖革在哪里，我自有我个人的理由。我不喜欢他的买卖，也没有保护他。我正巧是这里的房东。我又不是非得立马知道真相。我相信，不管你知道了什么，这一切肯定都还没见光，要不然这鬼地方周围早有一群警察在蹲点了。你没什么可以待价而沽的东西。依我看,需要一点保护的是你自己。所以老实交代吧。"

他猜得不错,但我不打算让他知道这一点。我点上一根烟,把火柴吹灭后往图腾柱上一弹。"你说得对,"我说,"如果盖革出了什么事,我就必须向警方兜底交代。这样一来,一切都公之于众,我自然没什么可以待价而沽的东西。所以你允许的话,我就告辞了。"

他久经曝晒的皮肤竟黑里透出白来。有那么片刻,他看起来卑鄙、狡诈而冷酷。他作势要举枪。我云淡风轻地补充道:"顺便问一句,马尔斯太太这两天可好?"

一度我都觉得这玩笑开得有点过头了。他的手朝着枪猝然一动,颤抖着。僵硬的肌肉绷长了他的脸。"滚,"他的声音非常轻,"你要去哪儿,去了之后准备干吗,我压根不在乎。但听我一句劝,当兵的。不管你有什么打算,别来招惹我,否则你会宁可你姓墨菲①,住在利莫瑞克。"

"啊,那倒是跟克朗梅尔离得不远,"我说,"听说你有个哥们儿就是打那儿来的。"

他俯身靠在桌子上,眼神呆滞,一动不动。我走到门口,打开门回头望着他。他的目光一直跟着我,但他瘦长的灰色身体并没有动。他眼里透着恨意。我出了门,穿过树

---

① "墨菲"(Murphy)是爱尔兰常见姓氏,常带有戏谑的贬义。后文的"利莫瑞克"(Limerick)和"克朗梅尔"(Clonmel)都是爱尔兰的城市。

障，一径上山钻进车里。我调转车头，驱车翻过山顶。没人朝我开枪。驶过几条街后我拐了个弯，熄掉火，坐了好一阵。也没人跟踪我。我开车回了好莱坞。

14

四点五十分，我在兰德尔街那栋公寓楼的大厅入口附近停了车。一些窗户亮着灯，收音机在暮霭里呜呜地响。我坐电梯上到四楼，沿一条铺着绿色地毯、镶着乳白色墙板的过道走。通往安全出口的门开着，习习凉风透过门上的纱帘吹进过道。

标着"405"的房门边有一个乳白色的小按钮。我按了按，感觉等了好一阵。门悄无声息地开了大约一英尺。开门的人腿长腰也长，高肩膀，深棕色的眼睛，脸上毫无表情，应该是很久以前就掌握了逢人变脸之术。头发像鬈曲的钢丝，发际线很高，露出半球形的棕色额头，粗看之下，那颗脑袋仿佛装满了智慧。他阴沉的双眼冷淡地打量着我。他细长的手指扒着门的边缘。他并不说话。

我说："是盖革吗？"

看不到他脸上有任何波动。他从门背后拿出一根烟，塞进嘴里，吸了一小口。一阵阵既慵懒又轻蔑的烟扑面而来，接着传来一个冷漠从容的声音，平板得像是法罗牌玩家发牌时的语气。

"你说什么?"

"盖革。阿瑟·格温·盖革。就是那个手里有书的家伙。"

他不慌不忙地思索着。他低眉瞥了一眼香烟的顶端。那只原本扒着门的手落了下去,不见了。看他肩膀的态势,暗处的那只手大概在做什么动作。

"不认识哪个叫这名字的人,"他说,"他住在附近吗?"

我笑笑。他看不惯我的笑容,眼里泛出恶意。我说:"你是乔·布罗迪吗?"

那张棕色的脸沉了下来。"是又怎样,不是又怎样?有钱赚吗,老弟——还是纯粹逗自己玩儿呢?"

"这么说你是乔·布罗迪,"我说,"你却不认识哪个名叫盖革的人。怪事一桩啊。"

"是吗?也许是你的幽默感比较怪吧。还是留着你的怪幽默感去别处寻开心吧。"

我靠在门上,对他暧昧一笑。"你手上有书,乔。我有潜在客户名单。我们应该好好谈谈。"

他的目光没有离开我的脸。他身后的屋里有轻微的声响,好像是挂窗帘的金属环在金属杆上轻轻刮擦。他斜眼朝屋内瞟了一眼,敞开了门。

"为什么不呢?既然你说手上有些东西。"他冷冷道。他让到了门一边。我从他面前走过,进了屋。

那房间很亮堂，摆着高档家具，数量却并没有多得过头。后面那堵墙上开着落地窗，通向一个石头阳台，俯瞰着对面山脚的薄暮。落地窗不远处，西墙上有扇门关着，同一面墙靠近大门的位置还有一扇门。这最后一扇门的过梁下装着一根细细的铜杆，上面挂的毛绒帘子挡住了整扇门。

最后我看了看东墙，墙上没有门。背靠墙面，中间放着一只长沙发，我坐了上去。布罗迪关好门，向一张饰有方形铆钉的橡木书桌蟹行而去。书桌的下层面板上搁着一只镀金铰链的杉木盒子。他拿着盒子走到西墙两扇门中间的安乐椅前，坐了下来。我把帽子放在长沙发上，等他开口。

"行，我在听了。"布罗迪说。他打开雪茄盒，把手上的烟蒂扔进身旁的垃圾桶。他往嘴里塞进一根细长的雪茄。"来根雪茄？"他拿起一根，在半空中朝我挥了挥。

我伸手拿烟。布罗迪从雪茄盒里抽出一把枪，指着我的鼻子。我看了一眼那把枪。是一把黑色"警察"点三八[1]。我目前还不想同它做对。

"干脆利落吧？"布罗迪说，"给我起来站一会儿。再往前走两步。趁这个时候，你可以抓紧呼吸呼吸。"他说话是电影里硬汉的那种嗓音，带着刻意为之的冷淡。电影让他们都成了那个样子。

---

[1] 全称"柯尔特官方警察点三八"（Colt Official Police .38），是一款经典左轮手枪。作者在后文与其他作品中常把这种枪简称为"柯尔特"。

"啧啧，"我说话归说话，丝毫没有动，"镇上尽是动枪的，就没几个动脑子的。几个钟头前，刚有个人这样对待我；你们好像觉得只要手里有枪，世界就尽在掌握了。放下枪吧，别犯傻啦，乔。"

他的眉毛虬在了一起，下巴朝我一挺，眼里射出凶光。

"前面那个人名叫艾迪·马尔斯，"我说，"听说过他吗？"

"没有。"布罗迪手里的枪还是对着我。

"要是让他知道你昨晚冒雨去了哪里，他会像赌场里扒拉筹码的人那样把你一下给抹了。"

"艾迪·马尔斯知道我多少底细？"布罗迪冷冷问道。不过他把枪放低到了膝盖前。

"根本不记得有你这么个人。"我说。

我们注视着彼此。我故意不去看左边门口绒毛帘子下面露出的那只尖尖的拖鞋。

布罗迪静静说道："别误会。我并不是流氓——谨慎罢了。至于你是谁，我是一百个不知道。要我说你看着像个杀手。"

"你还不够谨慎，"我说，"盖革的那些书叫你给搞砸了。"

他缓慢地深吸一口气，又悄无声息吐了出来。随后他往后一靠，跷起二郎腿，握紧那把柯尔特搁在膝盖上。

"别骗自己说我不会动枪，那是我还没给逼急，"他说，"你想说点啥？"

"叫你那位穿着尖头拖鞋的朋友出来吧。憋了这么久的气肯定累了。"

布罗迪的眼睛没有离开我的肚子,喊道:"出来吧,艾格尼丝。"

帘子拉开,盖革店里那个绿眼睛、灰金色头发、走路爱扭屁股的小妞儿加入了我俩的交谈。她看我时眼里带着哀怨的恨意。她鼻孔收缩,眼里笼着重重阴影。她看上去极其不高兴。

"我就知道你准是个大麻烦,"她朝我厉声说,"早对乔说过,常在河边走得留心脚下。"

"他该留心的不是脚下,而是屁股后面。"我说。

"你这是在说笑话对吧?"那金发妞儿尖声道。

"本来是,"我说,"但现在大概不是了。"

"别插科打诨了,"布罗迪劝说道,"我布罗迪对脚下留心得很呢。开点灯吧,该打死他时我得知道朝哪儿开枪啊。"

那小妞儿啪嗒一下点亮一盏方形立式大台灯。她坐进台灯旁的一张椅子里,坐姿却很僵硬,好像腰带束得太紧一样。我把雪茄塞进嘴里,咬掉烟屁股。我拿出火柴点烟的时候,布罗迪的枪口紧紧瞄着我。我尝了一口烟,说道:

"我说的那份潜在客户名单是用密码写的。我还没能破解,但上面大概有五百个名字。据我所知,你有十二箱书。里面至少有五百本。应该还有很多本出借了,就说得保守点吧，算你统共有五百本。如果那份名单切实有效，算你可以让其中百分之五十的客户借一圈你的书，租赁总数便是十二万五千次。你女朋友对此一清二楚。我只是在猜测。租金有多低廉随便你说，但总不会少于一美元一本吧。做买卖需要投入资金。靠单本一美元的租金，你能到手十二万五千块，但本钱依然在。我是说，盖革的本钱依然在你手里。仅凭这一点，就足以构成杀人的动机了。"

金发妞儿急叫道："你疯了，你这该死的傻——"

布罗迪嘴巴一歪，朝她咬牙咆哮："安生点儿，看在上帝分上。安生点儿！"

她勉强安静了下来，一脸愤愤然，交织着渐渐袭来的悲伤和奋力强压住的怒火。她的银指甲挠着膝盖。

"这买卖不是菜鸟能做的，"我对布罗迪说道，语气都有点温情脉脉了，"得是个像你这样的熟手，乔。你得替客户严守秘密。那些花钱借二手色情书来消遣的人往往紧张得好比找不到公共厕所的老太太。就我看来，敲竹杠是大错特错的。我反对那一套伎俩，坚持合法的售卖和租赁。"

布罗迪瞪出那双深棕色的眼睛，盯着我的脸上下看。他那把科尔特还在垂涎我缺一不可的生命器官。"你这人真可笑，"他语调平板地说，"谁在做这桩好买卖？"

"你呗，"我说，"几乎可以这么说。"

金发妞儿一时语塞，抓了抓耳朵。布罗迪啥也没说。只是看着我。

"什么？"那小妞儿喊道，"你往那儿一坐，竟然要告诉我们盖革先生在一条大街上开店做那种生意？说什么疯话呢！"

我礼貌地斜睨了她一眼。"我确实是这个意思。人人都知道那种生意存在着。干那一行，好莱坞人杰地灵。如果说那类东西非存在不可，那大街上就是每个讲求实际的警察希望它存在的地方。出于同样的道理，他们喜欢有红灯区。这样一来，只要他们想，就能把你一锅端。"

"我的天，"那小妞儿带着哭腔道，"你就放任这个大头鬼坐在那儿侮辱我吗，乔？明明你手里拿着枪，而他就夹着根雪茄跷着大拇指！"

"说得挺好，"布罗迪说，"这家伙脑瓜清楚。给我闭上嘴，好好安静一会儿，不然我用这玩意儿帮你闭。"他四下轻轻掂着枪，姿态越来越随意。

金发妞儿倒抽一口气，转过脸去对着墙壁。布罗迪看着我，诡诈地说："你倒说说看，那批好货我是怎么弄到的呢？"

"你杀了盖革弄到的。昨晚下雨的时候。那种天气太适合开枪杀人了。问题在于，你杀他时他不是一个人。要么你没注意到这一点——这好像不太可能；要么你心虚，落荒而逃了。但拿走盖革相机里的底片，事后再回去藏匿他的尸体，这胆量你还是有的，这么一来，你便能在警察知道有桩

长眠不醒 | 089

命案要调查之前收拾好那些书。"

"哼！"布罗迪轻蔑道。那把柯尔特在他膝盖上颤动。他棕色的脸庞棱角分明，像块木雕。"你这是在搏命啊，先生。算你运气好，我没有杀盖革。"

"就算没有杀他，你照样要倒霉，"我兴高采烈地对他说，"你注定逃不掉罪名的。"

布罗迪的声音有点沙哑。"觉得你抓住我的把柄了？"

"没错。"

"怎么说？"

"有人会像刚才那样告诉警方。说了当时有目击者。别把我当傻子，乔。"

这下他抓狂了。"那个天杀的小骚货！"他大叫，"她会的，这天杀的！她会的——就是那样！"

我往后一靠，朝他咧嘴笑笑。"好极了。我还以为她那些裸照在你手里呢。"

他一言不发。那小妞儿也一言不发。我给他们思考的时间。布罗迪的脸上渐渐云开雾散，虽然脸色还有点灰。他把枪搁在椅子旁的桌上，右手却依然紧靠枪托。他把烟灰点落在地毯上，眼皮眯成一条线，明亮的眸子注视着我。

"大概你觉得我是傻瓜。"布罗迪说。

"作为骗子，不过尔尔。拿照片吧。"

"什么照片？"

我摇摇头。"昏招啊，乔。装无辜救不了你。要么昨晚你在那儿，要么你从某个去了一趟的人那里搞到了裸照。你知道她在场，因为你让你女朋友威胁里根太太说要叫她吃官司。你之所以有把握这么做，若非亲眼看见发生了什么，便是知道手里的照片是何时何地拍的。还是老实交代吧，聪明点儿。"

"不让我赚点油水是不行的。"布罗迪说。他微微转过头，看着那个绿眼睛的金发妞儿。现在她那双眼睛都不绿了，只剩下一头徒有其表的金发。她没精打采得像只刚死的兔子。

"没有油水。"我说。

他苦恼地皱着眉。"那你凭什么要我交代？"

我啪地翻开钱包，让他看了眼警徽。"我在调查盖革——受一个客户所托。昨晚我就在屋外，淋着雨。我听见枪声，冲了进去。没见到凶手，但别的我都看到了。"

"然后口风闭得很紧。"他讥笑道。

我收起钱包。"是的，"我承认道，"到目前为止。照片能给我了吗？"

"关于这些书，"布罗迪说，"我还是不大明白。"

"我是从盖革的店追踪到这里的。我有个目击者。"

"那个小阿飞？"

"什么小阿飞？"

长眠不醒 | 091

他又皱起眉头。"那个在店里打工的小子。卡车开出来后他就溜走了。艾格尼丝连他去了哪儿都不知道。"

"这条信息有用,"说着我朝他咧嘴一笑,"这一点倒令我有点担心。昨晚之前,你俩有谁去过盖革家吗?"

"连昨晚也没去过,"布罗迪厉声道,"所以是她说我开枪打死盖革的,嗯?"

"拿到那些照片的话,我没准能说服她是她弄错了。拍照前她喝了点酒。"

布罗迪叹了口气。"她恨透了我。我甩了她。没错,我得到了报酬,但不管怎样我还是只好那么做。对我这么个普通人来说,她太古怪了。"他清了清嗓子,"稍微来点油水吧。我穷得叮当响了。我和艾格尼丝得过活啊。"

"我的客户是不会给的。"

"听着——"

"交出照片吧,布罗迪。"

"噢,见鬼,"他说,"你赢了。"他站起身,把手枪塞进侧边口袋里。他左手一抬,伸进外套。他的手握住了照片,厌恶得脸都歪了。这时候,门铃响了。而且响个不停。

15

他不喜欢这阵门铃声。他龇出了上面一排牙齿,咬住下嘴唇，眉毛猛地缩拢，眉心紧皱。顿时，他的整张脸透着机警、狡狯和卑鄙。

门铃依旧响个不停。我也不喜欢这阵门铃声。如果来客偏巧是艾迪·马尔斯和他的手下，那光凭我在场这一点，他们就得把我打个半死。如果是警察，这时候落到他们手里，我什么也提供不了，只能报以微笑和承诺。如果是布罗迪的某些朋友——假设他有朋友——没准他们比他还要粗野。

金发妞儿也不喜欢这阵门铃声。她气势汹汹地站了起来，用一只手在空中胡乱劈着。因为神经紧张，她的脸变得又老又丑。

布罗迪一边看我，一边猛地拉开了桌上的一个小抽屉，拿出一把骨质枪柄的自动手枪。他把枪递给那小妞儿。她走到他跟前，接过枪，人却在发抖。

"坐到他旁边去，"布罗迪怒声道，"用枪对着他，枪口低一点，离门远一点。如果他耍花招，你看情况办。我们还没输呢，宝贝。"

"噢，乔！"金发妞儿带着哭腔道。她走过来坐在长沙发上，挨着我，拿枪指着我的大腿动脉。我不喜欢她眼里那股蠢劲。

门铃歇了，木门上响起了一阵急促而不耐烦的敲击声。布罗迪把手伸进口袋，握着枪，走到门前用左手打开门。只见卡门·斯特恩伍德拿一把小手枪抵着他纤薄的棕色嘴唇，

长眠不醒 | 093

将他推回了屋。

布罗迪从她面前退了回来，嘴里犯着嘀咕，一脸惊恐。卡门关上身后的门，既不看我也不看艾格尼丝。她紧跟布罗迪不放，舌头从齿间微微探出来。布罗迪的两只手都从口袋里抽出来了，作势要她冷静。他的眉毛不由自主扭成了古怪的线条与角度。艾格尼丝调转原本对着我的枪口，朝卡门瞄去。我猛地伸出手，把手指紧紧压在她的手上，用大拇指去扳保险栓。原来本来就闭着。我没动它。对于这一阵短暂的无声扭打，布罗迪和卡门都没注意。枪到我手里了。艾格尼丝喘着粗气，从头到脚都在发抖。卡门的脸颧骨突出，好像还有伤痕，呼吸声嘶嘶作响。她的声音平板至极，开口道：

"我要我的照片，乔。"

布罗迪咽了口唾沫，强作欢笑。"没问题，孩子，没问题。"如今他的声音变得纤弱含混，同之前跟我说话时相比，犹如脚踏车之于一辆载重十吨的卡车。

卡门说："你杀了阿瑟·盖革。我看到是你。我要我的照片。"布罗迪脸都绿了。

"嗨，等一下，卡门。"我大喊。

艾格尼丝回过了神，猛冲上来。她低下头，狠狠咬住我的右手。我又挣扎了一番，把她甩到一旁。

"听着，孩子，"布罗迪哀求道，"就听我说一句——"

金发妞儿朝我啐了一口，扑向我的腿，想咬上去。我用枪砸她的头，下手并不太重，一边奋力站起来。她贴着我的腿蜷缩下去，顺势抱住了它们。我仰面倒在了长沙发上。不知是爱疯了还是怕疯了，或许两者皆有，那金发妞儿力气很大，也可能她本来就力气大吧。

布罗迪伸手去抓那把跟他的脸近在咫尺的小手枪。没抓到。那把枪突然"砰"的一响，尽管刺耳，声音却不大。子弹打穿了一扇折叠着的落地窗玻璃。布罗迪骇人地呻吟着，倒在地上使劲拉扯卡门的脚。她蜷作一团摔了下去，那把小手枪滑向了屋角。布罗迪膝盖撑地跳起来，把手伸进口袋。

我又给她脑袋上来了一下，这一次不再那么温柔了。我踹开她，不让她再抱着我的腿，站起身来。布罗迪朝我使了个眼色。我给他看手里的枪。他不再老想着掏摸口袋了。

"老天啊！"他哀叫道，"可别让她杀了我啊！"

我大笑起来。我笑得像个白痴，刹也刹不住。艾格尼丝直起身子坐在地上，手掌撑着地毯，嘴巴张得很大，右眼上方挂着一绺锃亮的金发。卡门匍匐在地，依旧嘶嘶喘着气。她那把小手枪的金属枪身贴着墙角的护壁板闪闪发亮。她不顾一切地爬向墙角。

我朝布罗迪挥了挥"分配"给我的那把枪，说道："别动，你很安全。"

我走过那匍匐前行的女孩身旁，拾起那把枪。她抬头看看我，傻笑起来。我把她的枪放进口袋，轻轻拍她的背。

"起来吧，小乖乖。你都像条哈巴狗啦。"

我走到布罗迪跟前，用枪抵住他的上腹部，从他的侧边口袋里缴了他的柯尔特。这下但凡看得到的枪械都归了我。我把它们统统塞进口袋，朝他伸出手。

"交出来。"

他点点头，舔着嘴唇，眼里还是惊魂未定。他从胸袋里掏出一个鼓囊的信封，交给我。里面有一张冲洗好的底片和五张光面照片。

"保证这些就是全部？"

他又点点头。我把信封放进胸袋，转过身去。艾格尼丝正靠着长沙发在捋头发。她眼里冒着蘸满恨意的绿色毒液，恨不得一口吞下卡门。卡门也站起身了，伸着手朝我走来，还在傻笑，"嘶嘶"个不停。她嘴角挂着一小团白沫。她小巧洁白的牙齿贴着嘴唇闪闪发光。

"现在可以把照片给我了吗？"她羞涩一笑，问我道。

"我来替你保管。回家去吧。"

"回家？"

我走到门口，朝外望去。夜晚的习习凉风平静地吹过走廊。门口没有兴致勃勃看热闹的邻居。一把小手枪走火打穿了窗玻璃，但这样的声响如今已不值得大惊小怪。我撑住打开的门，朝卡门扭头示意。她朝我走来，捉摸不定地笑着。

"回家去等我吧。"我安慰她道。

她竖起大拇指。接着她点点头，步履轻盈地经过我身旁，溜进走廊。半途中她用手指摸了摸我的脸颊。"你会照顾卡门的，是吗？"她低语道。

"放心。"

"你真可爱。"

"你看到的根本不稀奇，"我说，"我左边大腿上还纹了个跳舞的巴厘岛姑娘呢。"

她瞪圆了眼睛，说："真淘气。"说完朝我摇摇手指。随后她低声道："枪能还我吗？"

"还不行。晚点再说。我会带给你的。"

她突然一把勾住我的脖子，吻了上来。"我喜欢你，"她说，"卡门很喜欢你。"她飞奔着穿过走廊，欢快得像只鹧鸪。跑到楼梯口时她朝我挥了挥手，随后跑下楼梯不见了。

我回到布罗迪的屋里。

16

我走到那扇折起的落地窗前，瞧了瞧上半截那块被打坏的小玻璃片。子弹从卡门的枪里射出，就像有人挥起拳头，砸裂了玻璃。没有明显的弹孔。灰泥墙面上倒是有个小洞，眼尖的人还是很容易看到的。我拉上窗帘，遮住裂开的玻璃，从口袋里掏出卡门的枪。是把"银行家特别版"点二二口径左轮手枪,装凹头子弹。枪柄镶满珍珠,尾端贴了块圆形银牌,刻着:"欧文赠予卡门。"原来她把他们都耍得团团转。

我把枪放回口袋,靠近布罗迪坐下,盯着他阴郁的棕色眼睛。一分钟过去了。金发妞儿用一面随身镜打理着脸面。布罗迪夹着一根香烟四下摸索着,突然开口道:"满意了?"

"暂时还行。你为啥找里根太太敲竹杠,而不找那老头?"

"管他要过一回。大概六七个月之前。估计他气得不轻,去报警了。"

"那你为什么觉得里根太太不会把事情告诉他呢?"

他细细考虑起这个问题来,嘴里抽着烟,眼睛盯着我的脸。最后他说道:"你跟她有多熟?"

"见过她两次。你跟她肯定比我熟悉多了,才敢冒险用照片去敲诈。"

"她轻描淡写地提过好几次。大概她有几处软肋不想让那老头知道。我以为她很容易就能凑到五千块。"

"有点站不住脚,"我说,"不过先不深究了吧。你没钱了是吧?"

"手里那两个钢镚儿我都摇晃了一个月了,想让它们结婚生子呢。"

"你靠什么过活?"

"做保险。我在富尔怀德大厦的普斯·沃尔格林公司有间办公室,圣莫尼卡的西大道上。"

"既然开口了,索性开到底吧。书在这屋里?"

他猛地咬住牙,挥舞起一只棕色的手。他举手投足间的自信逐渐回来了。"妈的,不在。藏起来了。"

"你先让人把书带过来,然后又立马找仓储公司来运走?"

"当然。我肯定不想让那些书直接从盖革的店里去那边,对吧?"

"你很聪明,"我敬佩地说,"店里还有什么罪证吗?"

他又露出了忧虑的神色。他急促地摇摇头。

"那很好。"我对他说。我看向那边的艾格尼丝。她已经把脸收拾干净,这时正眼神空洞地盯着墙壁,没怎么听我们的对话。一路过来,又是摸爬滚打又是担惊受怕,她已是一脸倦容。

布罗迪机警地眨眨眼睛。"怎么说?"

"照片你怎么来的?"

他面露不快。"听着,你已经得到了想要的,代价还很低。你干得很不错。现在去向你的主子要赏金吧。我清清白白。我根本不知道什么照片不照片的,是不是,艾格尼丝?"

金发妞儿睁开眼睛,看着他。很难讲她眼里带着什么深

长眠不醒 | 099

意，反正不是好感。"聪明？只聪不明的家伙罢了。"说着她厌倦地"哼"了一声，"我早看透了。没有哪个家伙是从头至尾都聪明的。一个都没有。"

我冲她咧嘴一笑。"把你脑袋打得很疼吧？"

"你，还有我遇上的其他男人。"

我回头看布罗迪。他在捏指尖的香烟，伴着不时的抽动。他的手好像有点颤抖。他棕色的脸上毫无表情，平静如旧。

"我们得口径一致，"我说，"比方说，卡门没来过。这非常重要。她没来过。你们看到的是幻象。"

"嘿！"布罗迪讥笑道，"你要这么说的话，伙计，你要——"他伸出手，手掌平摊，蜷起手指，拇指在食指和中指上轻轻摩擦着。

我点点头。"可以考虑。也许会有你的一小份。但五千块就别指望了。现在可以告诉我照片哪儿来的了吧？"

"别人给我的。"

"嗯——哼。一个你在街上碰到的路人。从此再不会有交集。之前也从没有见过他。"

布罗迪打了个哈欠。"照片是从他口袋里掉出来的。"他斜着眼道。

"嗯——哼。有昨晚的不在场证明吗，面瘫？"

"当然。昨晚我就在这里。艾格尼丝跟我在一起。没错吧，艾格尼丝？"

"我又要开始为你感到难过了。"我说。

他一下瞪大了眼睛，松弛地耷拉着嘴皮，香烟粘在下唇上颤颤巍巍。

"你以为你很聪明，其实你笨得要命，"我对他说，"就算你幸免死在圣昆廷①，后面也有漫长的日子等着你独自煎熬。"

他嘴上的香烟猛地一抖，烟灰落在他的背心上。

"想想你能有多聪明吧。"我说。

"出去，"他突然咆哮道，"滚。我跟你聊够了。走吧。"

"行。"我起身走到那张高脚橡木桌前，从口袋里拿出他的那两把枪，并排放在吸墨纸旁边，让两根枪管完全平行。我伸手从长沙发旁的地板上拿起帽子，向门口走去。

布罗迪大喊："嗨！"

我转身等他说话。他嘴上的烟微微颤抖，犹如弹簧上的玩偶。"一切太平，是不是？"他问道。

"哎，当然。这是个讲究自由的国家。要是你一心想蹲大狱，没人会逼你出去。就是说，只要你是本国公民。你是公民吗？"

他只是盯着我，抖动着那根烟。艾格尼丝缓缓转过头

---

① 监狱名。

长眠不醒　｜　101

来，也盯着我看，目光与他齐平。他俩斜睨的眼神一模一样：交织着狡诈、狐疑和挫败的怒气。艾格尼丝突然抬起她的银指甲，拔下一根头发，只见她手指愤懑地一扭，把指间的发丝扯断了。

布罗迪紧张地说："你肯定不会去找警察的，老弟。既然你在给斯特恩伍德家做事。我知道太多那家人的事了。照片你拿到了，口风该把好。走吧，别多管闲事。"

"想好了再开口，"我说，"你叫我滚，我都在出门了你又喊住我，那我不走了，现在我又得上路了。你就希望这样？"

"你没有我的把柄。"布罗迪说。

"也就区区两桩谋杀。不过是你混迹的圈子起了点小变化罢了。"

闻罢布罗迪跳了起来，其实跳了不到一英寸，却好像足有一英尺那么高。他的眼里，深棕色眼球周围的眼白全显了出来。灯光下，他棕色的皮肤染上了一层淡绿。

艾格尼丝像头动物般发出一阵低声的啼哭，一头埋进沙发一端的软垫里。我站在那儿，欣赏着她大腿的修长线条。

布罗迪缓缓舔了舔嘴唇，道："坐，哥们儿。也许我还能提供点什么给你。你刚开玩笑说两桩谋杀，是什么意思？"

我靠在门上。"昨晚七点半左右，你在哪里，乔？"

他闷闷不乐地垂下了嘴皮，低头盯着地板。"我在监视一个家伙，一个有好买卖可做、没准还缺合伙人的家伙。是盖革。我时不时地监视他，看看他有没有厉害的帮衬。我估摸着他在生意上有伙伴，也可能这次的买卖搞得不像平时那样开诚布公。但他们没有去他家。进出他家的都是女人。"

"你监视得不够紧密，"我说，"不过继续说吧。"

"昨晚我就在盖革家后面的街上。雨下得很大，我坐在车里，衣服扣得严严实实。盖革家门前有辆车，还有辆车停在山上不远处。所以我才待在下面。我停车的地方再往下还有辆大别克，过了一会儿，我走过去朝车里张望了一眼。车主是维维安·里根。没有任何动静，我便走了。讲完了。"他挥了挥手里的烟。他看着我的脸，眼神慢慢上下游移。

"你说的倒可能是实话，"我说，"知道那辆别克现在在哪儿吗？"

"这我怎么知道？"

"在法院的车库里。今天上午，那车刚被人从里多渔轮码头的水下十二英尺给捞上来。车里有个死人。他遭到了棍击，车冲出了码头，油门手柄是放下的。"

布罗迪喘着粗气。他一只脚烦躁地点着地。"老天，伙计，这事你可不能安在我头上。"他口齿不清地说。

"怎么不能？是你说的，那辆别克就停在盖革家后面。对了，开车出去的不是里根太太。是她的司机，一个名叫欧文·泰勒的小伙子开的车。他跑去那儿是要找盖革谈谈，

长眠不醒 | 103

因为欧文·泰勒很喜欢卡门，他不喜欢盖革跟卡门玩的把戏。他是走后门进屋的，身上带着撬棍和枪，进屋一看，盖革正在给卡门拍裸照。所以自然而然，他开枪了，盖革倒在了地上，逃跑时，欧文把盖革刚拍的照片的底片落下了。于是你追了上去，从他那儿弄到了照片。不然你还能怎么拿到照片？"

布罗迪舔舔嘴唇。"是的，"他说，"但这并不能说明棍击他的人是我。没错，我听到了枪声，也看到了这凶手砰砰跑下楼梯，钻进别克车里逃走了。我跟了上去。他开到峡谷尽头，在日落大道向西驶去。过了贝弗利山，他滑出了路面只好停车，我便上前假扮警察。他有枪，但没胆量，被我唬得动都不敢动。我搜了他的身，知道了他的身份。我拿走底片，完全是因为好奇。我琢磨着那东西是用来干吗的，脖子都被雨淋湿了。这时他突然冲出来把我撞翻在地。等我爬起来时他已经不见了。自此我就没见过他。"

"你怎么知道他杀的是盖革？"我粗声粗气地问道。

布罗迪耸耸肩。"估计就是他，不过我也可能弄错。等我把底片冲印出来，看到拍的内容，我就确定了七八分。等我知道今天早上盖革没来店里，也不接电话，就十分确定了。于是我想是时候把他的书运走，赶紧找斯特恩伍德家敲笔旅行的钱，开溜一阵子。"

我点点头。"好像说得通。也许你还真没为此杀任何人。

你把盖革的尸体藏去哪儿了?"

他挑起了眉毛,咧嘴笑道:"不,不。没这回事。难道你觉得我会跑回去处理他的尸体?谁知道什么时候整车整车的警察就会呼啸而来。不可能的。"

"有人把尸体藏起来了。"

布罗迪耸耸肩。脸上还是笑嘻嘻的。他不信我的话。还没等他脸上的不信任逐渐散去,门铃又响了。布罗迪猛地蹿起来,目光锐利。他瞥了一眼桌上的枪。

"她又回来了。"他大吼道。

"就算是她,她也没有枪,"我安慰他道,"你有没有其他什么朋友呢?"

"差不多就这么一个,"他吼着,"我再也不想玩这种把人往墙角里逼的游戏了。"他健步走到桌前,拿起枪。他把枪贴紧身侧握着,往门口走去。他左手放在门把上,一转,把门打开了一英尺,身子探进门缝里,枪还是紧紧贴着大腿。

一个声音说道:"布罗迪?"

布罗迪的回话我没听清。传来两声沉闷的枪响。枪口一定是牢牢压在布罗迪身上。他靠着门向前倾,随着一声巨响,门阖上了。他的双脚推开了身后的地毯。他的左手松开了门把,手臂嘭的一声甩在地板上。他的头顶着门。他一动不动。那把柯尔特死死握在他的右手里。

我跳着穿过房间，翻动他的身体才好不容易打开门挤出去。差不多对门那屋，一个女人从门缝里眯眼往外看着。她满脸惊恐，伸出一只爪子似的手朝走廊那头指了指。

我沿着走廊飞奔起来，分明听见重重的脚步踏在铺了瓷砖的台阶上，便循声追去。追到大厅那层，只见大门正轻轻地自动关上，外面的人行道上传来"砰砰"的脚步声。我赶在门闭紧前冲了上去，一把将它推开，向外猛跑。

一个没戴帽子、穿着紧身皮衣的人影正奔跑在停当的车辆间斜向穿过马路。那人影转过身来，朝我开枪。两颗子弹狠狠打中了我身旁的灰泥墙。人影又跑了起来，闪避进两辆车之间，消失了。

一个男的走到我身边，大吼道："出什么事了？"

"有人开枪！"我说。

"老天啊！"他急忙跑进公寓楼。

我沿着人行道飞快找到我的车，上去发动。我慢慢开下路缘，往山下驶去，车速并不快。马路另一边没有其他车出现。我觉得听见了脚步声，但无法确定。我往山下开了一个半街区，在十字路口转了弯，重新上坡。我隐约听见人行道上沿途传来一阵低沉的口哨声。随后是脚步声。我把车泊在另一辆停靠在人行道边的车旁，在两辆车之间悄悄下了车，压低身子，从口袋里掏出卡门那把左轮小手枪。

脚步声越来越响，口哨声继续兴致昂扬。片刻之后，紧身衣出现了。我从两辆车中间走出来,说道:"借个火儿,兄弟。"

那小伙子朝我转过身,突然抬起右手伸进紧身衣里面。在枝形路灯的照耀下,他的眼睛水盈盈的。两汪漆黑的眼眸像两颗杏仁,苍白的英俊脸庞上方是黑色的鬈发,两绺尖尖的发束低垂在额头。确实长得挺帅,他就是我在盖革店里看到的那个小伙儿。

他站在那儿默默看着我,右手搭在紧身衣边缘,但还没有伸进去。我垂着胳臂,手里的枪贴在身侧。

"你肯定对你的皇后念念不忘。"我说。

"滚你的!"那小伙子轻声说。他站在停靠的车和人行道内侧的挡土墙之间,纹丝不动。

山下远远传来警笛的鸣响,声音越来越近。那小伙子的脑袋循声转了过去。我迈步到他身前,把枪口紧紧对着他的身体。

"二选一,跟我走还是去警局?"我问他。

他的脸向旁边微微一转,仿佛挨了我的耳光。"你是谁?"他咆哮道。

"盖革的朋友。"

"离我远点,你个狗娘养的。"

"我这把枪虽小,小老弟,要是对准你的肚脐眼来一下,保管叫你三个月没法下地。不过你会康复的。到时候你就能走着去圣昆廷那边新建的毒气室了。"

他又说了句"滚你妈",想把手伸进紧身衣。我把枪往他肚子上压得更用力了。他轻轻叹了口气,手从衣服里拿了出来,无力地垂在身侧。他宽阔的肩膀瘫了下去。"你想要我干什么?"他低语道。

我伸手探进他的衣服,缴了他的自动手枪。"上车,小伙子。"

他从我身旁走了过去,我从身后推了他一把。他上了车。"坐驾驶座,小伙子。你来开车。"

他轻快地坐到方向盘后面,我也上了车,坐在他旁边。我说:"先让警车开过去吧。他们会以为我们听到警笛让道了。然后我们就调头下山。回家。"

我收好卡门的枪,用那把自动手枪抵着他的肋部。我透过车窗看了看后面。这会儿警笛声已非常响。路中央,两盏红灯越来越亮。灯光在眼前越变越大,浅浅融合为一,警车狂啸着飞驰而过。

"走吧。"我说。

小伙子把车调了个头,往山下开去。

"我们回家,"我说,"去拉维恩街。"

他光洁的嘴唇抽搐了一下。他驱车向西一拐,开上富兰克林大街。"你真是个头脑简单的小伙子。叫什么名字?"

"卡罗尔·伦德格伦。"他了无生气地说。

"你杀错人了,卡罗尔。乔·布罗迪并没有杀你的皇后。"

他又对我骂了三个脏字,继续开车。

17

月亮只剩下半轮,透过拉维恩街上桉树高高的树枝间的一圈雾气,月光洒下来。山路往下,一幢地势很低的房子里收音机高声播放着。那小伙子把车转了个弯,停在盖革家门前的黄杨树障旁,熄火,坐着直视前方,两只手搁在方向盘上。盖革的树障间没有透出光来。

我说:"家里有人吗,小子?"

"你应该知道。"

"我怎么会知道?"

"滚你的!"

"人就是这副样子才害得自己只好装假牙的。"

他局促地咧嘴一笑,露出了牙齿。接着他踢开门下了车。我急忙追上去。他站在那儿,拳头贴着髋部,默然看着树障上方的房子。

"好吧,"我说,"你有钥匙。我们进屋吧。"

"谁说我有钥匙?"

"别诓我,孩子。那兔爷儿给你了一把。屋里有你的房间,干净、阳刚气十足。有女客来时,他就赶你出去,锁上房间。他就像恺撒,既是女人的丈夫,也是男人的妻子。以为我看不出来你和他是搞那个的?"

怎么说我还用那把自动手枪指着他呢,他照样挥拳朝我砸来。那一拳正中我的下巴。我赶紧后退,总算没跌倒,但这一击我挨得很准。他是想狠狠给我一下的,但相公都是软骨头,不管看起来有多凶悍。

我把枪往那小子脚边一扔,说道:"也许你需要这个。"

他以迅雷不及掩耳之势弯腰去捡枪。他的动作从头到尾都很迅速。我一拳打在他脖子侧面。他倒向一边,伸手抓枪却没够着。我重新拿起枪,扔进车里。那小伙子四肢撑地站起来,夸张地睁大眼睛斜睨着我。他咳嗽了几声,摇摇脑袋。

"你该不是想打架吧,"我对他说,"你减肥减得过头了。"

可他就是想打架。他像一架脱离弹射器的飞机般突向我,俯身朝我的膝盖擒抱过来。我横跨几步,伸手抓他的脖子,顺势夹住他的头。他的脚在泥地上拼命蹬着,勉强站住不倒,用手够我,哪儿容易疼就往哪儿打。我把他翻了个身,再举高了一点。我左手握紧右手手腕,用右边的髋骨使劲顶他,有那么片刻,我俩势均力敌。在朦胧的月光下,我俩好似僵在那儿,俨然两头奇形怪状的生物,脚刮蹭着地面,费劲地喘着大气。

这会儿,我用右前臂压着他的气管,加上了两条胳膊的力量。他的脚狂躁地在地上拖着,他不再喘气了。他被制服了。他的左脚向一边懒懒地伸开,膝盖绵软无力。我又坚持了半分钟。他瘫在我的手臂上,重得要命,差点叫我托不住。随后我松手了。他躺倒在我的脚边,昏死过去。我去车上的储物箱里拿了一副手铐,扭过他的手腕压在他背后,"喀嚓"铐上。我拎着他的胳肢窝把他抬了起来,费力地拖着他走到树障后面,避开街上的视线。我回到车上,往山上开了一百英尺,锁好了车。

我回来时他还在昏迷中。我打开门,把他拖进屋里,关上门。这时他开始喘气了。我开了一盏灯。他颤抖着眼皮睁开眼睛,渐渐看清楚了我。

我俯下身,有意避开他膝盖的攻击范围,说:"保持安静,不然再给你吃刚才的苦头,这次下手会更重。静静躺着,憋住呼吸。憋到你再也憋不住,然后告诉自己不呼吸要没命了,你脸色发黑,眼珠子都突出来了,你立马需要吸气,但你正被绑在椅子上,在圣昆廷那间干净整洁的小毒气室里,你一吸气,就非得拼了命地不去吸,你吸进去的不是空气,而是氰化物。如今我们国家就管这叫做安乐死。"

"滚你的。"他苦叹了一声,说道。

"你得老实交代,老弟,别以为有别的法子。我们叫你说什么,你就得说什么,不叫你说什么,你就不能说什么。"

"滚你的。"

"再说一遍，我就在你头下面放一个枕头。"

他嘴巴抽搐了两下。我任由他躺在地上，手腕靠在身后，脸颊陷进地毯里，露在外面的那只眼睛里透着动物般的机敏。我点亮了另一盏灯，迈进起居室后面的走廊。盖革的卧室好像原封不动。走廊对面的那间卧室这时已经不上锁了。我打开房门。房间里摇曳着昏暗的灯光，有檀木香味。梳妆台上并排立着两根锥形的香灰。光线来自一英尺高的烛架上两根细长的黑色蜡烛。它们立在直背椅子上，床的两头各有一根。

盖革躺在床上。之前发现不见的两条中式挂毯搭在他的身体中央，组成一个 X 形十字架①，刚好挡住了他血迹斑斑的外套前襟。十字架下方，他黑色睡裤里的腿僵硬地挺直着。他脚上穿着厚毛毡鞋底的拖鞋。十字架上方，他的手臂在手腕处交叉，手掌平放在肩膀上，掌心向下，手指并拢，平直地伸展着。他嘴巴闭着，那两道陈查理式的八字须不真实得像假发。他的眼睛几乎闭上了，可又没有完全闭紧。那只玻璃眼珠映着烛光，发出淡淡的光泽，朝我闪烁着。

我没碰他。我也不靠近他。他肯定像冰一样冷，像木板一样僵硬。

黑色蜡烛的蜡油从灯芯的凹口淌进了槽里。一滴一滴的

---

① 原文作"St. Andrew's Cross"。圣安德鲁是耶稣十二使徒之一，据传被钉死在 X 形十字架上，故以其命名。

黑色蜡油沿着蜡烛侧面流淌下来。房间里弥漫着的味道仿若毒气，又不太真实。我走出房间，重新关上门，回到起居室。那小子还在地上。我静静站着，听有没有警笛声。一切都取决于艾格尼丝什么时候交代，说的是什么。如果她提及盖革，那么警察随时会来。但她也可能憋上几个小时。她甚至有可能已经跑了。

我低头看了看那小伙儿。"想坐起来吗，小子？"

他闭上眼睛，假装睡觉。我走到写字台前，抄起那台桑葚色的电话，拨通了伯尼·奥尔斯办公室的号码。他六点钟就回家了。我拨了他家里的电话。他在家。

"我是马洛，"我说，"今天早上，你的人有没有在欧文·泰勒车里找到一把左轮手枪？"

我能听到他清了清嗓子，随后我又听出来他有意不让声音显出惊讶。"这种事警方会处理的。"他说。

"如果确实找到了，枪里应该有三个空弹壳。"

"你究竟是怎么知道的？"奥尔斯轻声问道。

"过来吧，拉维恩街7244号，月桂峡谷大道旁。我告诉你子弹去了哪里。"

"就这件事吗，嗯？"

"就这件事。"

奥尔斯道："看好窗外，你会看到我从街角那边过来的。我觉得你这次有点鬼鬼祟祟了。"

长眠不醒

"'鬼鬼祟祟'这个词很不合适。"我说。

18

奥尔斯站着低头看那个小伙子。他坐在长沙发上，斜靠着墙。奥尔斯静静看着他，灰白的眉毛根根直立，刚硬圆润得好像"福勒牌刷子"推销员赠送的蔬果刷。

他问那小伙子："你承认杀了布罗迪？"

小伙子用沉闷的声音报以那三个他最爱的字眼。

奥尔斯叹了口气，看着我。我说："用不着他承认。他的枪在我手里呢。"

奥尔斯道："希望老天爷在我每次听到这种话时都能给我一块钱。这话就那么有意思？"

"又不是为了有意思才说的。"我说。

"好吧，说得也对。"奥尔斯说。他转过身。"我给王尔德打过电话了。我们带上这个小阿飞去见他。他可以同我一辆车，你跟在后面，以防他想踹我脸。"

"你觉得卧室里的场面怎样？"

"非常不错，"奥尔斯说，"想到泰勒那小子飞下码头死掉，我都有点高兴了。因为他干掉了那讨厌鬼，就非要我送他去死囚区，我可不乐意。"

我回到那间小卧室，吹熄了黑色蜡烛，任它们自顾冒烟。等我回到起居室，奥尔斯已经让那小子站起来了。那小子站着，一双犀利的黑眼睛怒视着他，脸色严峻而苍白得仿佛一块冷肥羊肉。

"走吧。"说着奥尔斯抓住了他的手臂，不愿意碰他似的。我关掉灯，尾随他俩走出屋子。我们分别上了车，我跟在奥尔斯警车的那对尾灯后面，驶下蜿蜒绵长的山路。但愿这是我最后一趟来拉维恩街。

地方检察官塔格尔特·王尔德住在第四街和拉法耶特公园的街角，他那座白色构架的房子电车车库大小，一侧建了个红沙石的停车门廊，正面是几英亩柔软起伏的草地。这是一栋那种坚固的旧式房子，过去城市不断向西扩展，它们也随之整体迁入新址。王尔德出身洛杉矶的一个古老家族，当他在这栋房子里降生时，它也许还建在西亚当斯，或者菲格罗亚街，或者圣詹姆斯公园那边呢。

路上已经停了两辆车，一辆硕大的私人轿车，一辆警车。一个穿制服的司机靠在警车的后挡泥板上，一边抽烟一边赏月。奥尔斯上前跟他说了几句，那司机看了看奥尔斯车里的小伙子。

我们来到房子前，按响门铃。开门的是一个顶着一头油光锃亮的金发的男人，他领我们进了大厅，穿过一间塞满笨重深色家具的巨大下沉式起居室，又踏入房间尽头的另一个客厅。他敲了敲一扇房门，走进去，随后帮我们撑住门。我们走进一间墙面镶了木板的书斋，尽头是敞开的落地窗，可以看到外面黑漆漆的花园和诡异的树影。一股潮湿的泥土气和花香飘进窗口。墙上昏暗的大幅油画，周围摆放着安乐椅和书本，一股上等雪茄的烟味与泥土气和花香交织，弥漫在屋里。

塔格尔特·王尔德端坐在书桌后面。他是个肥硕的中年男人，一双明亮的蓝眼睛，总能摆出一副友善的表情，其实压根面无表情。他面前放着一杯黑咖啡，左手整洁精致的手指里夹着一根带斑点的细雪茄烟。书桌一角的蓝色皮椅子里还坐着一个男的，他眼神冷峻，脸庞棱角分明，瘦得像一把耙子，冷酷得像借贷处的经理。他的脸修得整整齐齐，仿佛刚刮胡子还不到一个钟头。他穿着一身熨得很平整的棕色套装，领带上有一颗黑色珍珠。他手指细长，略带神经质，一看就头脑敏捷。他看起来随时准备跟你干架。

奥尔斯把一只椅子拉到身旁，坐上去，说道："晚上好，克龙贾格尔。来见见私家侦探菲尔·马洛，他遇上麻烦了。"奥尔斯咧嘴笑着。

克龙贾格尔看看我，头也没点。他打量了我一番，好像看的是一张相片。随后他下巴一低，幅度大约一英寸。王尔德说："坐吧，马洛。我正要给克龙贾格尔警长派任务，不过你也知道事情是什么样的。如今这城市很大。"

我坐下，点了根烟。奥尔斯看了克龙贾格尔一眼，说：

"兰德尔街命案有什么发现？"

那脸庞瘦削的男人绷紧一根手指，直到关节噼啪作响。他头也不抬地说道："一具尸体，身中两颗子弹。两把没有开火的枪。在楼下的街上，我们碰上一个金发姑娘，当时她想发动一辆别人的车。她的车在旁边，同一款。她动作很慌张，所以我的手下就逮捕了她，她全交代了。这个叫布罗迪的家伙被杀的时候，她在场。声称她没有看到凶手。"

"就这些？"奥尔斯问。

克龙贾格尔稍微抬了抬眉毛。"才一个小时前出的事。你还想怎样——把凶杀过程的录像放给你看？"

"总该有凶手的特征描述吧？"奥尔斯说。

"一个身穿紧身皮衣的高个子——如果这算得上特征描述的话。"

"他就在外面我的老破车里，"奥尔斯说，"铐上了。马洛帮你们抓了他。这是他的枪。"奥尔斯从口袋里掏出那小伙儿的自动手枪，往王尔德的书桌角上一放。克龙贾格尔看了一眼枪，但没伸手。

王尔德咯咯笑起来。他靠在椅背上，吞云吐雾，雪茄烟始终夹在手里。他从身上小礼服的胸袋里拈出一块丝绸手绢，轻轻擦了擦嘴，又将它收好了。

"还有两桩命案牵涉其中。"奥尔斯说道，一边捏着下巴梢的肥肉。

长眠不醒 | 117

克龙贾格尔的身体明显一挺。他满怀敌意的眼睛成了两个冰冷如钢的光点。

奥尔斯说:"今天上午在里多码头附近的海里捞上来一辆车,里面有个死人,你听说了吗?"

克龙贾格尔说:"没有。"仍旧是一脸凶相。

"车里的死人是富贵人家的司机,"奥尔斯说,"这家人因为一个女儿的事情遭到了敲诈。王尔德先生通过我把马洛推荐给了这家人。马洛事情办得很小心谨慎。"

"我就喜欢办事小心谨慎的私家侦探,"克龙贾格尔吼道,"这他妈没什么不好意思的。"

"是的,"奥尔斯道,"这他妈没什么不好意思的。我难得有机会对着一个城里的警察不好意思上一回。我倒是费了不少时间来告诉他们脚应该往哪里放,免得崴到脚踝。"

克龙贾格尔那只尖鼻子的棱角周围都泛出了白。他的呼吸在这安静的屋里发出轻柔的嘶嘶声。他轻声说道:"你没必要告诉我的人脚应该往哪里放,聪明人。"

"这事儿我们以后再谈,"奥尔斯说,"我刚才说的那个溺死在里多码头附近的司机,昨晚在你的管辖区开枪杀了人。死者名叫盖革,在好莱坞大道上做淫秽书籍买卖。盖革跟外面我车里的那个小流氓住一起。我是说'住一起',如果你懂我意思的话。"

这会儿克龙贾格尔目不转睛平视着他。"听上去你很可能要带给我们一个龌龊的故事了。"他说。

"照我的经验,警察办的大多数案子都是。"奥尔斯大吼道。他向我转过来,眉毛根根直立。"你是主播,马洛。告诉他吧。"

我把事情的来龙去脉告诉了他。

有两点我没说,其中一点我暂时还不知道究竟为什么要刻意略去。我没说卡门去过布罗迪的公寓,也没说那天下午艾迪·马尔斯走访了盖革家。其他情况我都如实说了。

克龙贾格尔的眼睛始终盯着我的脸,我说话的过程中,他脸上不曾有过一丝表情。足足有一分钟,他陷入了彻底的沉默。王尔德也不说话,啜着咖啡,轻轻抽着他的花斑雪茄。奥尔斯则凝视着自己的大拇指。

克龙贾格尔缓缓靠上椅背,抬起一只脚,把脚踝放到另一边的膝盖上,用他纤细的手摩擦着踝骨。他瘦削的脸上眉头紧锁,神色凝重。他说话了,语气简直礼貌得要命:

"这么说来,你们明知道昨晚发生了凶杀案却不报警,今儿整整一天都在抓瞎,让盖革店里那小子趁机在晚上又杀了一个人。"

"就是这样,"我说,"我的处境非常艰难。也许我做得不对,但我想保护我的主顾,而且我也没有理由会想到那小伙子竟跑去找布罗迪。"

"这种事情应该交给警察考虑,马洛。如果昨晚我们就知道盖革死了,也许那些书根本不会被从盖革店里运往布罗迪家。那小子也不会追去找布罗迪,也不会杀他。就算布罗迪早晚会没命。像他那种人往往如此。但一条人命总归是一条人命。"

"没错,"我说,"等下次有哪个吓破胆的小盗小贼抱着偷来的备用轮胎在街上狂跑,你的人要开枪打死他的时候,你把这话去对他们讲。"

王尔德放下两只手,结结实实拍了一下桌子。"够了,"他厉声道,"马洛,你为什么这么确定是那个叫泰勒的小伙子杀了盖革?就算在泰勒的身上或是车里找到了打死盖革的那把枪,也不能说他必然是凶手。枪也许是别人栽赃给他的——比如说布罗迪,没准他才是真凶。"

"操作起来是可能的,"我说,"但不符合当事人的心理。需要假设太多巧合,很不符合布罗迪和他女友的性格,也违背他行动的目的。我跟布罗迪聊了很久。他是个恶人,却不是杀人行凶的那一类恶人。他有两把枪,可一把也不带在身上。他一心想插手盖革的买卖,具体情况当然都是通过那姑娘了解的。他说他在远处监视着盖革的一举一动,看有没有厉害的人帮衬他。我相信他说的话。先假设他为了夺书杀了盖革,再假设他逃跑时拿了盖革刚拍的卡门·斯特恩伍德的照片,随后把枪栽赃给欧文·泰勒,将他推入里多外面的海里,这他妈也假设得太多了些。泰勒有动机,他妒火中烧,也有杀害盖革的时机。他未经允许开走了主人家的一辆车。他当着那女孩的面杀了盖革,哪怕布罗迪嗜杀成性,也绝对做不出来。我不知道有哪个单纯图盖革钱的人会这么做。可泰勒会。那些裸照恰恰就会刺激他这么干。"

王尔德咯咯一笑,放眼朝克龙贾格尔望去。克龙贾格尔哼了一声,清了清嗓子。王尔德问道:"那藏匿尸体又是怎么回事?我想不通干吗要那么做。"

我说:"那小子没承认,但肯定是他干的。布罗迪不会杀完盖革再回他家去。我送卡门回去的时候,那小子肯定正好到家。像他那类人,自然害怕警察,他也许觉得,在从屋里搬走个人财物之前先把尸体藏起来为好。根据地毯上的印子判断,他把尸体拖出了大门,很可能放进了车库。接着他把自己的家当都打包搬走了。之后,在晚上的某个时候,他心生悔意,觉得不该那样对待自己死去的朋友,所以回去把他放到了床上。当然,这些都是猜测。"

王尔德点点头。"然后今天早上他没事人儿似的去了店里,时刻警惕着。当布罗迪把书运走后,他发现了那些书的去处,心想谁拿了书谁就是为了这个目的杀盖革的凶手。也许他对盖革和他女友的了解要比他俩认为的深入。你怎么看,奥尔斯?"

奥尔斯说:"我们会查出来的——但这并不能解决克龙贾格尔的难处。他闹心的是案子发生在昨天晚上,可他才刚刚参与进来。"

克龙贾格尔尖酸地说："关于这方面，我想我也能找到解决的办法。"他气呼呼地瞪了我一眼，旋即又看向了别处。

王尔德一挥雪茄，说道："看下证物吧，马洛。"我把口袋翻了个底朝天，将收获放在他桌上：三张纸条和盖革寄给斯特恩伍德将军的卡片，卡门的照片，还有那本用密码写着人名和地址的蓝色笔记本。盖革的钥匙我已经交给奥尔斯了。

王尔德看了看我交给他的东西，轻轻抽着雪茄。奥尔斯点了根小雪茄，朝天花板上平静地吐着烟。克龙贾格尔靠着书桌，看着我拿给王尔德的证物。

王尔德敲了几下那三张卡门落款的纸条，说道："我猜这些只是诱饵。如果斯特恩伍德将军付了纸条上的金额，那他害怕的应该是更严重的事情。盖革会就此勒索得更凶。你知道他在害怕什么吗？"他看着我。

我摇摇头。

"你有没有把整件事里相关联的细节全部说出来？"

"我省略了一两个私人问题。我想把它们继续搁在一边，王尔德先生。"

克龙贾格尔说："哈！"他激动地嗤笑起来。

"为什么？"王尔德轻声问道。

"因为我的主顾有权得到这一保护，毕竟现在才只经过大陪审团这一道。我是个有专业执照的私家侦探。我想'私家'两字是有特定意义的。好莱坞警察分局的手上目前有两桩凶杀案，都解决了。两个凶手都抓到了。他俩各有杀人动机，各有行凶工具。敲诈勒索的事儿不该声张，至少当事人的名字不能抖搂出去。"

"为什么？"王尔德又问道。

"行啊，"克龙贾格尔冷冰冰地说，"我们很乐意为像他这个档次的私家侦探打下手。"

我说："我给你看点东西。"我起身走出屋子，到车上拿了那本盖革店里的书。那个穿制服的司机站在奥尔斯的车旁边。那小伙子在车里，侧身倚靠在角落。

"他说了什么吗？"

"他提了个建议，"说着那警察啐了口唾沫，"我没搭理。"

我回到屋里，把书放在王尔德的桌上，打开包装。克龙贾格尔在桌子一头打电话。我进屋时，看他挂了电话又坐下了。

王尔德板着脸把书翻了一遍，合上后推给克龙贾格尔。克龙贾格尔打开书，看了一两页，迅速合上了。三两个五角硬币大小的红点浮现在他的颧骨上。

我说："看敲在环衬上的日期。"

克龙贾格尔重新翻开书，看了看日期。"嗯？"

"有必要的话，"我说，"我可以发誓这本书来自盖革的

长眠不醒 | 123

店。那个叫艾格尼丝的金发妞儿会承认店里到底在做什么生意。有眼力的人都看得出来,那家店只是装装样子,其中有猫腻。好莱坞的警察出于他们自己的原因允许它照常营业。我敢说大陪审团会很乐意知道究竟是哪些原因。"

王尔德咧嘴笑了。他说:"有时候,大陪审团确实会问这类令人难堪的问题——白费力气地想弄清楚我们的城市到底为什么运转成现在这副样子。"

克龙贾格尔突然站起身,戴上帽子。"在这儿我是一对三,"他厉声道,"我是凶杀重案组的。就算这个盖革在做下流文学的买卖,也不干我的事。不过这一点我是预备承认的:这些事要是上了报纸,对我们确实没有任何好处。你们几个家伙究竟想怎样?"

王尔德看了看奥尔斯。奥尔斯平静地说:"我想把一个罪犯交给你。走吧。"

他站起来。克龙贾格尔凶恶地看了他一眼,昂首阔步出了门。奥尔斯跟着走了出去。门又关上了。王尔德轻轻敲了敲桌面,用他那双清澈的蓝眼睛盯着我。

"你应该能理解任何一个警察面对这样的刻意掩盖会是什么感受,"他说,"你必须一五一十都说出来——至少好让我们存档。依我看,也许有可能让两桩凶案各归各,都别牵连进斯特恩伍德将军的名字。你知道我为什么不把你的一只耳朵撕下来吗?"

"不知道。我还以为两只耳朵都保不住呢。"

"做这一切,你能得到什么报酬?"

"一天二十五美元,外加其他补贴。"

"那到现在就是五十美元和一点油钱。"

"差不多吧。"

他把头歪到一边,用右手小指头的背面蹭着下巴颏。

"就为了这点钱,你不惜得罪警察局里一半的人?"

"我也不愿意,"我说,"但我他妈能怎么办?我在办一件案子。我靠自己仅有的本事赚口饭吃。无非是老天爷赐给我的那一小点勇气和智慧,还有为了保护一位主顾不惜被人吆来喝去的决心。像今晚这样,不找将军商量就说这么多其实已经违背了我的原则。至于刻意有所隐瞒,你也知道,我是当过警察的。任何一座大城市里,警察都是一抓一大把。每当一个外人试图隐瞒点什么的时候,警察就反应很大,一副毅然决然的样子,但他们每隔一天就在做着相同的事情,要么帮朋友忙,要么害怕得罪稍微有点势力的人。另外,我还没收工呢。我还在办这桩案子。如果有必要,我还是会这么做。"

"只要克龙贾格尔不没收你的执照就行。"王尔德咧嘴笑道,"你说你隐瞒了一两件私事。很重要吗?"

"我还在办这桩案子。"说完,我目不转睛地直视着他的双眼。

长眠不醒 | 125

王尔德朝我笑笑。他的笑坦率奔放，是爱尔兰人特有的。"我来告诉你点事儿吧，孩子。我父亲是老斯特恩伍德的好友。我已经做了职务范围内允许的一切——也许远远不止——去减轻老人家的痛苦。但要长期维持这样是办不到的。他那两个女儿准定会惹上些难以平息的事，尤其是那个金发丫头。不该放任她们四处乱跑。在这点上我责备过老人家。我想他不明白如今是什么世道。趁着现在我俩开诚布公地谈话、我没必要朝你大呼小叫的当儿，还有一件事我得提一提。我敢用一美元赌加拿大一毛钱，将军担心他女婿，就是那个私酒贩子，多少参与了这起阴谋，他真正希望的是你能查明他其实并没参与。对此你怎么看？"

"我对里根的为人也有所耳闻，他听起来不太像会敲诈勒索。他明明已经衣食无忧，却又主动放弃了。"

王尔德哼了一声。"他到底无忧到什么地步你我都无从判断。如果他是条汉子，那就无忧不到哪里去。将军有没有告诉你他在找里根？"

"他对我说，他想知道里根在哪里，过得好不好。他喜欢里根，他那样连个告别也没有就一走了之，让他很伤心。"

王尔德往后一靠，皱起眉头。"知道了。"他的声音不一样了。他的手来回挪着桌上的物什，把盖革的笔记本放到一边，其余的证物推还给我。"这些你可以拿走，"他说，"往后我用不到了。"

19

我停好车,拐到霍巴特大厦门口的时候已近十一点。玻璃门十点钟就上锁了,所以我只好拿钥匙出来。走进去一瞧,荒寂的方形大厅里有个男人,他把一张绿色的晚报放在一盆棕榈树旁,手指轻轻一弹,一截香烟屁股飞进了种树的托盆里。他起身朝我挥舞着帽子,说道:"老板想跟你谈谈。你可让朋友们久等啦,伙计。"

我静静站着,看着他的塌鼻子和小牛排似的耳朵。

"什么事?"

"问那么多干吗?只要别惹是生非,就不会出任何岔子。"他的手在他敞开的外套最上面的钮孔旁停留了一阵。

"我身上可有警察的气味。"我说,"我累得没法说话,累得没法吃东西,累得没法思考了。但要是你认为我还有精神听艾迪·马尔斯发号施令——趁我一枪崩掉你的耳朵前赶紧拔枪吧。"

"呔!你没带枪。"他目不转睛平视着我。他钢硬的深色眉毛虬在一起,嘴角耷拉了下来。

"那是之前,"我对他说,"我不会每次都赤手空拳。"

他摆了摆左手。"好吧。你赢了。没人让我动手。他会给你打电话的。"

"我只会嫌电话来得太早。"我说。他向门口走去,经过我面前时我缓缓转过了身。他打开门,头也不回地出去了。我咧咧嘴,笑自己傻,接着去坐电梯上楼回家了。我从口袋里掏出卡门的枪,对着它乐不可支。随后我把枪彻底擦干净,用一块棉法兰绒包好,锁了起来。我给自己倒了杯酒,才喝上,电话铃响了。我坐到摆放电话的桌子旁。

"听说今晚你很厉害啊。"听筒里传来艾迪·马尔斯的声音。

"豪气,狡猾,厉害,浑身是刺。我能帮你什么忙?"

"警察去了那儿——你知道是哪儿。你把我撇清关系了吧?"

"凭啥我要那么做?"

"对我好的人我也会对他好,当兵的。对我不好的人我也不会对他好。"

"仔细听,你会听到我的牙齿在喀喀打战。"

他冷冷地笑了起来。"把我供出去了——还是没有?"

"没有。天知道为什么。可能即便没有你,事情也够复杂了。"

"谢谢,当兵的。杀他的是谁?"

"明天看报纸就知道了——也许。"

"我现在就想知道。"

"没有你得不到的东西是吧?"

"有也是有的。这就是你的回答,是吗?"

"凶手是一个你从来没听说过的人。别纠结这事儿啦。"

"如果你说的是实话,有朝一日也许我能帮你点忙。"

"挂了吧,让我睡一会儿觉。"

他又笑了。"你在找拉斯蒂·里根,对吧?"

"好像很多人觉得我在找他,其实不是。"

"如果你真要找他,我能给你些线索。有空来海滨找我。随便什么时候。我很乐意见你。"

"再说吧。"

"那到时见。"电话挂了,我手拿听筒坐着,耐着性子强压心中的狂躁。随后我拨了斯特恩伍德家的号码。铃声响了四五次,接着传来管家温文尔雅的声音:"这里是斯特恩伍德将军府。"

"我是马洛。记得我吗?上回见面差不多是一百年前了吧——还是昨天?"

"是的,马洛先生。我记得,当然。"

"里根太太在家吗?"

"是的,我相信她在。您要不要——"

我突然改了主意,打断他道:"不必了。你给她捎个话。告诉她我拿到了照片,所有的,另外,一切顺利。"

"好……好……"他的声音好像有点颤抖,"您拿到了照片——所有的——另外,一切顺利……好的,先生。请允许我说——非常感谢,先生。"

五分钟后,电话打了回来。酒我已经喝完了,之前完全忘了要吃饭,这时感到饥肠辘辘;我走出房间,任由电话铃响着。我回来时铃声还是没停。一直到十二点半,它每隔一阵都会响几下。我熄了灯,打开窗户,用一张纸堵住电话的扩音器,爬上床去。我受够斯特恩伍德家的那些事了。

第二天早上,我一边吃着鸡蛋和培根,一边把三张晨报读了个遍。正如报上刊登的新闻的通常情况,他们对事件的报道同事实之间的差距好比火星到木星的距离。三家报纸都没有将欧文·泰勒——所谓"里多码头驾车自杀的司机"——同"月桂峡谷大道东方风情小屋凶杀案"联系起来。都没有提及斯特恩伍德家、伯尼·奥尔斯或者我。欧文·泰勒不过是"有钱人家的司机"。功劳都归了顺利解决辖区两桩命案的好莱坞分局克龙贾格尔队长。一个名叫盖革的人在他开在好莱坞大道的书店后面开办着一家电讯社,相关的利益纠纷引发了血案。布罗迪枪杀了盖革,卡罗尔·伦德格伦为了给他报仇便枪杀了布罗迪。警方已将卡罗尔·伦德格伦予以羁押。他对罪行供认不讳。他有前科——也许是他读中学时留下的。警方还拘留了一名叫艾格尼丝·罗泽尔的女子,她是盖革的秘书,案子的关键证人。

这报道写得妙。会给人以这样的印象:盖革前一晚被杀了，过了一个钟头布罗迪也被杀了，而克龙贾格尔队长点根烟的功夫就把两桩命案都解决了。泰勒自杀的报道占据了第二版的首页。有张现场的照片：电动驳船的甲板载着那辆轿车，车牌被抹掉了，踏板旁的甲板上有个什么东西躺着，周身遮了块布。说欧文·泰勒近来情绪低落，身体也不好。他家里人住在迪比克，他的尸体会运过去。不做验尸。

20

失踪人口调查局的格里高利上尉把我的名片放在他宽敞的书桌上，还调节了一下摆的位置，好让卡片边缘与桌子边线完全平行。他脑袋歪向一边，端详着名片，嘟囔了一声，在转椅上转了一圈，望向窗外半个街区之遥的法院那嵌着栅栏的窗子。他身材魁梧，眼神倦怠，一举一动像个巡夜人，缓慢，审慎。他的声音里没有语调，平板而淡漠。

"私家侦探，嗯？"说话时他根本不看我，只是看着窗外。一缕缕烟雾从悬在他犬牙上那柄熏黑的烟斗里升腾起来。"我能帮你什么忙？"

"我在为家住西好莱坞区阿尔塔·布雷亚新月街道3765号的盖伊·斯特恩伍德将军工作。"

格里高利上尉嘴角吐出一小缕烟，烟斗都不动一下。

"什么工作？"

"跟你手上的工作不完全是同一件，不过我很感兴趣。我觉得你能帮到我。"

"帮你什么？"

"斯特恩伍德将军家业很大，"我说，"他是地方检察官父亲的老朋友。他要是想雇一个全职男仆为他跑腿。倒不是对警察局有什么看法，不过是花几个钱享受享受罢了。"

"你为什么觉得我正在为他办事？"

对此我没有作答。他笨重的身体在转椅上缓缓转了一圈，把他的大脚平放在遮盖地板的油毡上。常年的按部就班让他的办公室散发出一股霉味。他冷冷地盯着我。

"我不想浪费你的时间，上尉。"说完，我把椅子往后一推——推了大约四英寸。

他没动。他还是用他疲乏倦怠的眼睛注视着我。"你认识地方检察官？"

"我见过他。我为他办过一回事情。我跟他的首席探员伯尼·奥尔斯很熟悉。"

格里高利上尉伸手拿起电话，对着那头咕哝道："帮我接通地方检察官办公室的奥尔斯。"

他坐着，手握搁在电话基座上的听筒。时间一刻一刻过去。他的烟斗里飘起烟雾。他的眼睛跟他的手一样，沉滞，一动不动。电话铃响了，他伸出左手捏起我的名片。"奥尔斯？……总部的艾尔·格里高利。一个叫菲利普·马洛的家伙在我办公室里。他名片上写着他是个私家侦探。他要我提供信息……是吗？他长什么样？……好的，谢谢。"

他放下电话，从嘴里拿出烟斗，用一支大铅笔的铜笔帽紧紧摁实烟草。他的动作仔细而严肃，仿佛这件事的重要性丝毫不逊于今天的任何一桩任务。他往后一靠，又目不转睛地看了我一阵。

"你想知道什么？"

"知道一下你取得的进展，如果有的话。"

听罢他思索了片刻。"里根？"最后他问道。

"当然。"

"你认识他？"

"从没见过他。都是听来的：他是个英俊的爱尔兰人，四十岁不到；以前走私过酒；他娶了斯特恩伍德将军的大女儿，夫妻俩合不来。别人告诉我他一个月前不见了。"

"将军应该觉得自己运气好才对，何必还要雇个私家侦探去茫茫人海里找他呢？"

"将军很喜欢他。这种事也正常。老人家瘫痪了，很孤独。里根之前常常坐在他旁边，陪伴他。"

"你觉得你能做的事里有什么是我们不能做的？"

"仅限于寻找里根的话，那确实是没有。但还出现了一个相当神秘的勒索事件。我想确认里根同那件事没关系。知道他在哪里或者不在哪里也许有用。"

"老兄，我倒是想帮你，但我不知道他在哪。他消失了，就是这么回事。"

"想在你们管辖下玩消失可不容易吧，上尉？"

"是不容易——但消失一阵子——还是能办到的。"他碰了碰桌子边的电铃按钮。一个中年妇女的脑袋从侧门探进来。"把泰伦斯·里根的档案拿给我，阿巴。"

门关了。格里高利上尉和我又互相看了对方一会儿，完全不说话。门又开了，那妇女将一个贴了检索标签的绿色文件夹放在桌上。格里高利上尉点头示意她出去，拿起一副看上去很重的角质镜架眼镜戴在青筋突起的鼻子上，缓缓翻阅着文件夹里的材料。我手里夹着一根烟，在指间翻来翻去。

"他是九月十六号走的，"他说，"这个日子能提供的唯一一条重要线索是那天司机放假，没人看到里根开车离开。不过当时是傍晚。四天后，我们在日落大道附近一个气派的大别墅的车库里找到了那辆车。看车库的人报了警，对失窃车辆侦查组说那辆车是别处的。那地方叫'奥罗居'。这里头有个问题，大概一分钟之后我会告诉你。至于谁把车停到那儿的，我们没有任何发现。我们提取了车上的指纹，但哪儿都没找到跟档案中匹配的。看那辆车在车库里的样子，不太像跟凶杀案有牵连，虽然确实有理由怀疑出了命案。倒是比较像跟别的事有关，究竟是什么事，我大概一分钟后告诉你。"

我说："是像跟失踪人口名单上的艾迪·马尔斯的妻子有关。"

他面露怒色。"对。我们调查了房客，发现她住在那儿。是跟里根差不多时间走的，肯定不超过两天。有人看到她以前跟一个男人在一起，听描述那家伙蛮像里根，不过我们没有得到确凿的指认。干警察这行，要让一位老太太从一排嫌疑人中指认出六个月前她站在窗前看到跑来跑去的那一个，当然也太他妈荒唐了。虽然我们可以把清晰的照片拿给酒店员工看，可他们还是确定不了。"

"这是优秀酒店员工应该具备的一大资质。"

"对。艾迪·马尔斯和他妻子分居了，但艾迪说，他俩关系挺好。这里面有几种可能性。首先，里根永远在衣服里装着一万五千块。他们告诉我，都是如假包换的现钞。并不是面上一张真钱，底下一捆破纸。偷窃抢劫的事时常发生，但这个里根就爱显摆，把钱带出来，好在别人紧盯的目光下数钱。也可能他根本不在乎。他老婆说里根除了膳宿和那辆她送他的帕卡德，他从来不向老斯特恩伍德要一分钱。而且他以前是个发过横财的走私犯。你把这两件事结合起来想想。"

"我糊涂了。"我说。

"嗯，我们现在讨论的是个离家出走的家伙，他口袋里装了一万五千块，大家都看在眼里。嗯，那可不是小数目。要是我有一万五千块，没准我也开溜；我还有两个念中学的孩子呢。所以第一反应就是有人要抢钱，不过抢他的钱太难，他们只好把他带到沙漠里，让他置身于仙人掌中。但我觉得这不是太说得通。里根带着手枪，操起枪来也驾轻就熟，之前一起混的也不仅仅是群脸上油腻腻的酒贩子。据我所知，在1922年还是什么时候的爱尔兰政变中，他手下有整整一支旅。像这样一个人物可不会任一伙强盗宰割。然后，看到他的车停在那间车库里，抢他钱的人就会认为他跟艾迪·马尔斯的老婆有交情，我想事实也确实如此，但这件事并不是随便哪个泡弹子房的小流氓都知道的。"

"有照片？"我问道。

"只有里根的照片。这点也很古怪。这案子有不少古怪的地方。给。"他把一张亮闪闪的照片推过桌面，我看到一张爱尔兰脸庞，那张脸上的忧伤多过欢喜，眉宇间透着拘谨而非莽撞。那既不是一张硬汉的脸，也不像是属于一个会被任何人轻易呼来喝去的人。挺拔的深色眉毛，眉骨粗壮。额头与其说高峻不如说宽阔，成簇成簇的深色头发，又短又细的鼻子，一张大嘴。下巴线条很强健，不过对于嘴巴来说小了点。一张看起来有点紧张的脸，拥有这样一张脸的人想必行动迅捷，动起手来不会闹着玩。我把照片还给他。以后要是看到这张脸，我认得出来。

格里高利上尉敲打干净烟斗里的灰烬，重新填上烟丝，用大拇指夯实。他点上火，吐出一口烟，又开聊了。

"嗯，有些人可能知道他很喜欢艾迪·马尔斯的太太。包括艾迪本人。说来奇怪，他竟然知情。但他好像满不在乎。我们对他那段时间的行踪查得很透。艾迪当然不会因为妒忌杀人。很明显是有人想栽赃给他。"

"那取决于他有多聪明，"我说，"没准他原本只想吓吓他，结果弄假成真。"

格里高利上尉摇摇头。"如果他聪明得可以顺顺当当开赌场，绝不会傻到干这个。我懂你的意思。他装傻，故意出昏招，因为他觉得我们想不到他会那样。从警方的角度看，这是错误的。因为那样他会引来我们的反复查问，生意就做不成了。你大概认为那是高明的一招。没准我也会这么认为。但普通大众不会。他们的眼光会让他活得很苦。我已经排除这种可能了。你要是能证明我说得不对，我就把椅垫给吃了。在那之前，艾迪在我们这就是清白的。对他这类人来说，妒忌是很糟糕的杀人动机。一流的骗子都是懂生意经的。他们做事懂得讲究好策略，不会受个人情感的影响。所以这种可能性我不予考虑。"

"那什么是你考虑的？"

"那位夫人，还有里根本人。没有其他人。她之前是个金发女人，但现在应该不是了。我们没找到她的车，所以车可能被他俩开走了。他们动身得比我们早很多——足足十四天。要不是发现了里根的车，我们都接不到这案子。当然，他们那样的人我们早习惯了，尤其还是来自上流家庭的。也不用多说，我做的一切都必须保密。"

他向后一靠，他那硕大手掌的根部狠狠捶在椅子扶手上。

"眼下除了等待没啥可做的，"他说，"通缉令已经发出去了，但要找结果还为时过早。我们知道里根有一万五千块。那女的也有点钱，没准是不少零钱。但总有一天他俩会山穷水尽。里根会兑现支票，留下借据，写信。他俩去了陌生的镇子，有了全新的名字，但从前的习惯是不会变的。涉及钱财的时候，这些习惯会重新表现出来。"

"那女的嫁给艾迪·马尔斯之前是干什么的？"

"歌手。"

"你连一张她以前的职业照片都弄不到吗？"

"是的。艾迪一定有几张，可他不愿拿出来。他不想惊动她。我没法逼他。他城里有朋友，不然他也成不了现在的他。"他嘟囔道，"这里头有没有你用得上的信息？"

我说："这两个人你谁也找不到。太平洋离得太近了。"

"刚才撂下的那句吃椅垫的狠话我不会收回。我们会找到他的。可能要花不少时间。也许要一两年。"

"斯特恩伍德将军可能活不了那么久。"我说。

"能做的我们都已经做了，老兄。要是他肯发布悬赏，花上点钱，我们也许能获得些成果。市政收入不少，可我们没有相应的经费。"他的大眼睛凝视着我，他稀疏的眉毛动了动。"你当真觉得艾迪把他俩都杀了？"

我笑了。"没有。我开玩笑罢了。我跟你想得一样，上尉。里根同一个女人私奔了，对他而言，那女人要比一个合不来的有钱妻子重要。再说了，她现在还没钱。"

"看来你见过她了？"

"是的。同那女人可以度过一个疯狂的周末，但天天在一起可就腻味了。"

他咕哝了一声，我为占用的时间和得到的信息向他道了谢，离开了。开出市政厅挺远，一辆灰色普利茅斯轿车盯了上来。我拐进一条安静的街道，给它机会赶上来。它没领我的好意，于是我甩开它，去忙自己的事了。

21

我没有去斯特恩伍德家附近。我回到办公室，坐在转椅上，跷起二郎腿偷闲。阵阵疾风从窗外吹进来，隔壁旅馆油炉的煤烟倒灌进屋，在桌面上翻滚而过，犹如风滚草飘荡过一整片空地。我思忖着要不要出门吃饭，心想生活真是乏味，但即便我去喝一杯，只怕生活也不会有起色，而且在一天的这个时候自斟自饮全无乐趣可言。我正琢磨着这件事，诺里斯打电话来了。他一副谦恭的样子，字斟句酌道，斯特恩伍德将军很不舒服，听了报纸上的某几条新闻，他认为我的调查已经告一段落。

"就盖革来说，没错。"我说，"我没枪杀他，你知道的。"

"将军并不认为是你干的，马洛先生。"

"将军对那些让里根太太忧心忡忡的照片有所耳闻吗？"

"没有，先生。肯定没有。"

"你知道将军给了我什么吗？"

"是的，先生。想必是三张纸条和一张明信片。"

"没错。我把东西还给你们。至于那些照片，我想我最好毁掉了事。"

"很好，先生。昨晚里根太太联系了您很多次——"

"我出去醉了个痛快。"我说。

"噢。我相信这很有必要，先生。将军吩咐我给您送来一张五百块的支票。这数目还满意吗？"

"慷慨之至。"我说。

"冒昧说一句，现在我们可以认为这件事了结了吧？"

"噢，当然。就像一个定时锁已经坏了的保险库，铁板钉钉了。"

"谢谢，先生。相信我们都很高兴。等将军稍微感觉好些——可能明天——他很乐意亲自谢谢您。"

"很好,"我说,"到时我过来,喝点他的白兰地,也许再加点香槟。"

"我回去好好冰上几瓶。"那老兄的声音里几乎带着一丝得意的笑。

事情就是那样。我们道别后挂了电话。隔壁咖啡店的香气随着油烟飘进窗来,却不能引起我的食欲。于是我拿出办公室里那瓶酒,喝了起来,任我的自尊心自由驰骋。

我扳手指头盘算着。拉斯蒂·里根放着万贯家财和娇妻不要,宁可去跟一个身份不明的金发女人浪迹天涯,而且那女的在名义上还多少算是艾迪·马尔斯的太太。他走得很突然,跟谁都没有道别,至于其中的缘由,不管怎么样的解释都是可能的。将军太好面子,或者说,在初次接见我时还太谨慎,没有告诉我失踪人口调查局已经在办这件事了。失踪人口调查局的人对此已经倦怠,显然认为这桩事不值得操心。就算里根确确实实那么做了,那也是他的事。我同意格里高利上尉的看法:艾迪·马尔斯几乎不可能仅仅因为别人跟他的金发老婆私奔进城——他甚至同她不住在一起——就让自己卷进两桩命案里。他或许会因此颇为恼火,但生意就是生意,在好莱坞混,你得牙关紧咬,不能让路边的金发女郎脏了你的嘴。如果这里头有大钱可赚,那倒另当别论。但一万五千块对艾迪·马尔斯来说不算什么大钱。他可不是布罗迪那号小坑小骗的角色。

盖革死了，这下卡门要想喝到异国风味的特调酒，只好投奔其他臭名昭著的人物了。我不觉得她会有什么困难。她只需羞答答地站在角落里五分钟就行了。我希望下一个引她上钩的骗子技巧熟练一些，收线的时候慢慢拉动，可别再扯得太紧促了。

里根太太跟艾迪·马尔斯很熟，熟到可以开口向他借钱的程度。这很自然，如果你玩轮盘赌又总是输。任何一家赌场的老板都会在紧要关头借给老主顾钱。除了这层关系，对里根共同的兴趣也是连接他俩的纽带。里根是她丈夫，而他跟艾迪·马尔斯的妻子跑了。

而卡罗尔·伦德格伦，那个翻来覆去只会骂那句脏话的少年凶犯，即便他们不把他押在下面搁着一桶硫酸的椅子上严刑拷打，也已然要从社会上消失很久很久。他们不会拷问他的，因为他本就要提出上诉，这样县里就省钱了。请不起大律师的人都那么做。艾格尼丝·罗泽尔作为关键证人被拘留了。要是卡罗尔上诉，他们就不需要她作证了；要是他提出诉讼程序有误，他们更是会放了她。他们不想在盖革的案子上旁生枝节，可在别的问题上，他们并没有艾格尼丝的把柄。

这下就剩我了。我掩盖了一桩谋杀案，隐瞒证据超过二十四个小时，不过我仍然"逍遥法外"，还有一张五百块的支票要送上门来。我现在的明智之举就是喝一杯，把整个烂摊子抛诸脑后。

既然确定了这是明智之举,我便打电话给艾迪·马尔斯,告诉他我打算晚上去拉斯奥林达斯跟他聊聊。我就是这么明智。

大约九点钟我到了那里,十月的皓月高高悬起,在顶层的海滩雾气里不见踪迹。柏树俱乐部在镇子的另一头,那幢大而无当的宅第原本是一个名叫德·卡岑斯的富豪避暑的居所,后来做过酒店。如今那是幢黑色的大房子,外观破破烂烂,掩映在茂密的辐射柏树丛中,它的名字便是这么来的。我看到带涡卷雕塑的巨型廊柱,分布各处的角楼,宽大窗户旁装饰着彩色玻璃,房子后面空荡荡的大马厩,整个地方弥漫着一股怀旧的败落气息。艾迪·马尔斯保持了大宅的原样,没有把它翻新成米高梅的摄影场地。路边的弧光灯喷洒似的照射到路面上,我把车一停,沿着一条通往大门的石子路走进庭院里。一个身穿双排扣制服的门卫把我领进一间昏暗寂静的大厅,一截楼梯由此向上,跨出高贵的弧度,通向漆黑的二楼。我寄放好帽子和外套,静静等待,听着笨重的双开门后面传来的音乐声和混乱的说话声。那些声音似乎离得很远,跟这房子简直不像属于同一个世界。随后,之前跟艾迪·马尔斯和拳击手一起出现在盖革家里的那个面色苍白的金发瘦子从楼梯下面的门里出来了,冲我冷冷一笑,带我顺着过道地毯一路走回他老板的办公室。

那是间四四方方的房间，嵌着很深的凸窗，石头砌成的壁炉里一堆杜松木材懒洋洋地燃烧着。炉前的护壁板是胡桃木的，镶板上搭着一条褪色的花缎台布。天花板又高又远。屋里有股冰冷的海水气味。

艾迪·马尔斯那张毫无光泽的深色书桌跟房间颇不搭调，但这屋里只怕是容不下任何一件 1900 年之后生产的东西。他的地毯带着种佛罗里达的土黄色。角落里有架吧台用的收音机，茶炊旁边的铜质托盘上摆着一套塞夫勒陶瓷茶具。我不懂那是给谁用的。屋角有扇门，上面安了把定时锁。

艾迪·马尔斯热络地朝我咧嘴一笑，同我握手，下巴向保险柜方向动了动。"要不是有那玩意儿，我早就被这边的强盗帮洗劫一空了，"他乐呵呵地说，"当地的警察每天早上都过来看我开箱。我跟他们有约定。"

"听你之前的意思，好像有东西要给我。"我说，"是什么？"

"急啥？喝一杯，坐一会儿。"

"一点不急。你我之间除了生意没啥可谈的。"

"等你喝到酒，一定会喜欢上的。"他说。他调了两杯，把我那杯放到一张红色皮椅边，自己则交叉起腿靠桌站着，一只手插在那件黑蓝色晚礼服的侧袋里，拇指露在外面，指甲闪闪发亮。穿晚礼服的他比穿灰色法兰绒衣服时貌似狠一点，但看上去还是像个马术师。我们边喝酒边互相点头。

"以前来过这里吗?"他问。

"禁酒期间来过。我觉得赌博根本没意思。"

"有钱就不会,"他笑道,"今晚你应该顺便去看看。你的一个朋友正在外面玩赌盘呢。听说她手气不错。是维维安·里根。"

我抿了一口酒,拿了一根以花体字印着他姓名缩写的雪茄。

"你昨晚的办事方式我挺喜欢,"他说,"上次你把我惹恼了,但后来我才明白你是多么正确。我俩应该和睦相处。我欠你多少钱?"

"为什么给我钱?"

"还提防着呢,嗯?总局那边的情况我有渠道知道,不然我也不会坐在这儿了。我听到的都是实际情况,不是你在报纸上看到的那些。"他朝我露出那口大白牙。

"你手里有多少?"我说。

"你不是在说钱?"

"按照我的理解,是消息。"

"关于什么的消息?"

"你真健忘,里根啊。"

"噢,那个。"天花板上的一盏铜灯射下一束光来,他在温和的灯光里挥了挥亮闪闪的指甲。"我听说你已经得到消息了。我觉得自己欠你一笔赏金。别人事儿办得漂亮,我就要付钱,习惯了。"

"我开车到这儿来不是为了要钱。我做多少事就拿多少钱。按你的标准不多,但过得去。一次接待一个顾客是原则。你没杀里根吧?"

"没有。你觉得我杀了他?"

"我没法把你排除在外。"

他大笑起来。"你在开玩笑。"

我也笑了。"当然,我是开玩笑。我没见过里根,但我看过他的照片。你没有适合派去杀他的人手。对了,我们还在查这件事的时候,别再派揣着枪的小阿飞来找我了。我怕受不了,发起疯来把人打死。"

他透过玻璃杯看了一眼炉火,把杯子放在书桌尽头,用一块极薄的细布手帕抹了抹嘴。

"你很会说话,"他说道,"不过我敢说,你操办起事情来更是要厉害得多。你其实对里根并不感兴趣,对吧?"

"从职业上来说,没错。没人要求我对他感兴趣。不过我知道有人很想知道他的行踪。"

"那女人才不在乎呢。"他说。

"我是说她父亲。"

他又擦了擦嘴唇,接着看着手帕,仿佛觉得上面会有血似的。他聚拢起两根茂密的灰色眉毛,伸出手指摸了摸那只饱经风霜的鼻子的内侧。

"盖革想方设法勒索将军,"我说,"将军虽没亲口说,我觉得他至少有点害怕里根是幕后黑手。"

艾迪·马尔斯笑了。"哼哼。盖革对谁都来这套。那绝对是他的主意。他从那些貌似合法的人那儿拿到纸条——就是合法的,我敢说,只要他不敢去控告他们。他会给那些纸条写上花体字,然后寄出,手里一张牌都不剩。如果他下一张牌抽到A,他就有了一个担惊受怕的主顾,正式开工。如果他没抽到A,直接撂挑子就行了。"

"聪明的家伙,"我说,"这回他是真的撂挑子了。不仅撂挑子,命都搭进去了。你是怎么知道这一切的?"

他不耐烦地耸耸肩。"每天传来的消息,有一半我都巴不得求求老天别让我知道。在我这个圈子里,精力用在最差的地方就是去知道别人的事。如果你要找的只是盖革,那问题已经解决了。"

"问题解决,报酬付清。"

"对此我感到很遗憾。我希望老斯特恩伍德可以用固定薪水雇一个像你这样的大兵,专门看住他家的那俩女儿,至少让她们一星期在家待上几晚。"

"怎么说?"

他嘴巴一动,显出怒容。"她们是十足的麻烦。就说那个黑头发的吧。她在这里人见人厌。输了她就欠着,最后到我手里的就是一大把纸片,什么价位都没人肯贴现。她除了一笔零用钱自己是没钱的，老爷子遗嘱里写了什么还是未知数。赢了她就把我的钱带回去。"

"第二天晚上你就拿回来了。"我说。

"拿回来了一部分。但在一段时间内总体上我是输家。"

他真诚地看着我，好像这件事对我而言很要紧似的。我搞不懂他为什么觉得有必要告诉我这一切。我打了个哈欠，把酒一饮而尽。

"我出去看看这场子。"我说。

"好的，去吧。"他指了指保险柜门旁边的房门，"这扇门通往牌桌后面。"

"我想从赌鬼们走的地方进。"

"好的。你随意。我俩是朋友，对吧，大兵？"

"当然。"我站起身，跟他握了握手。

"也许有天我能真的帮到你，"他说，"这次的所有消息你都是从格里高利那儿听来的。"

"所以他也多少算是你的人。"

"噢，没那么严重。我们只是朋友。"

我注视了他片刻，随后向我进屋的那扇门走去。开门时我回头看了他一眼。

"你没派人开着一辆灰色普利茅斯轿车跟踪我吧？"

他猛地瞪大了眼睛。他看上去有些不快。"妈的，没有。我干吗要那么做？"

"我想不出来。"说完,我出去了。我觉得他的惊讶是真情流露,可信。我觉得他甚至看上去有点忧虑。不知道为什么。

22

底下根本没有人跳舞,那支人人系着黄腰带的小型墨西哥管弦乐队却一遍又一遍地弹奏着一曲低沉、做作的伦巴,直到十点钟光景,才终于歇手。领头的乐手搓着指尖,像是在缓解疼痛,随后差不多是以相同的动作,往嘴里塞进一根烟。另外四个人同时同步俯身从各自的椅子下面拿起杯子,一边抿着杯中物,一边咂嘴瞟眼睛。看他们的样子,喝的是龙舌兰。也可能是矿泉水。他们的装腔作势纯是白费功夫,就跟之前的音乐一样。根本没人在看他们。

这房间从前是舞厅,艾迪·马尔斯对它的改造止于一家赌场的必要设施。没有明亮的铬灯,没有从角顶檐板里透出的闪光,没有石英玻璃彩画,也没有风格狂野的皮椅或者锃亮的金属管道,看不到任何好莱坞夜生活场所的那种伪现代主义滑稽场景。光来自笨重的水晶枝形吊灯,玫瑰红的墙板依然不改其玫瑰红,不过有点年久褪色、蒙尘变黑罢了,而多年前同这颜色搭配的镶木细工地板,也只有那支管弦乐队前方的一小块地方露了出来,被磨得如玻璃般光滑。其余部分都铺着厚实的老玫红色地毯，当初肯定所费不赀。地板用了好几种硬木材，从缅甸柚木到深浅不一的橡木和看着颇像红木的料子，随后颜色渐渐变淡，用了加州山区产的质地坚硬的浅色野丁香树，每一块都摆放得很巧妙，精确得像是用经纬仪测的。

这仍旧是一间漂亮的房间，如今，轮盘赌代替了昔日从容、老派的舞步。靠近另一头的墙的地方，摆着三张赌桌。一根低矮的铜栏杆把桌子连在一起，正好也成了账台管理员身前的护栏。三张赌桌都开着，但人们都围着中间那张。能看到维维安·里根黑魆魆的脑袋凑得很近——我正靠在房间另一边的吧台上，把一小杯百加得在红木台面上转来转去。

酒保靠到我旁边，看着那群衣冠楚楚的人拥在中间那张桌子前。"今晚她手气真好，赢钱十拿九稳，"他说，"那个黑头发的高女人。"

"她是谁？"

"我不知道她叫什么。不过她来得挺勤快。"

"你不知道她叫什么才怪呢。"

"我只是在这儿打工，先生，"他不带一丝恨意地说，"她也是一个人。跟她一起来的男人醉倒了。他们把他带去了外面的车里。"

"我要带她回家。"我说。

"这可不好办啊。得，总之祝你好运吧。要不要我加点水,缓和一下百加得的劲道?还是保持原样就好?"

"保持原样,要的就是这力道。"我说。

"哟呵,要是我的话,索性喝咳嗽药水算了。"

这时人群分开了,两个身穿晚礼服的男子推开一条路走了出来,我在缺口里看到了她的脖子和裸露的肩膀。她穿了一件领口开得很低的暗绿色天鹅绒套裙。在这样的场合里显得过于讲究了。人群又闭合了,遮住了她,看得见的只剩下那颗黑色脑袋。那两个男的穿过房间,往吧台上一靠,点了苏格兰威士忌加苏打水。其中一人脸色泛红,很激动。他正用一块黑色镶边的手帕擦脸。他裤腿两侧的双排缎子贴边宽得都能在上面开车。

"好家伙,从没见过接二连三这样的,"他的声音有些颤抖,"全部押红色,八胜两平。这就是轮盘赌,好家伙啊,这就是轮盘赌。"

"我看得心痒痒,"另一个说,"她押一把就是一千块。她输不了。"他俩把嘴巴伸进杯子里,飞快喝完,回去了。

"那俩小矮个儿说得有道理啊,"酒保慢吞吞说道,"一千块一把,嘿。我有次在哈瓦那看到一个长着马脸的老头——"

中间那张桌子突然沸反盈天,一个带着外国口音的清晰声音压过了喧闹:"请你耐心等一会儿,夫人。这桌子没法让你下注了。马尔斯先生马上就来。"

长眠不醒 | 151

我放下酒，踩着地毯走过去。那支小型管弦乐队演奏起探戈来，声音很大。没人跳舞，也没人打算跳。我从零星几个人身边经过，他们穿着餐服、整套的晚礼服、运动衣和商务装，走到左边那张赌桌跟前。那桌子已经停了。赌桌背后站着两个管理员，正脑袋凑在一起，眼睛看向一边。其中一个把手里的耙子在空荡荡的下注格上漫无目的地前后挪着。他俩都盯着维维安·里根。

她的睫毛微抖了一下，她的脸白得反常。她站在中间那张桌子前，不偏不倚对着赌盘。她的面前有凌乱的一堆钞票和筹码。看起来是一大笔钱。她慢条斯理地回着管理员的话，冷酷、傲慢，带着怒气。

"我倒想知道，这玩意儿是哪门子的便宜货。别傻站着，把轮盘转起来，瘦高个儿。我还想来一局，桌上的钱全押上。拿别人钱的时候我看你手脚挺利索啊，怎么等到要让我赢钱了就开始哼哼唧唧了？"

管理员对她报以冷淡而礼貌的一笑，那笑容早已打发过成千上万粗人和蠢货。身材瘦高、肤色黝黑的他，公正无私的举止完美无瑕。他正色道："这桌子没法让你下注了，夫人。您已经有一万六千块了。"

"那是你们的钱，"那姑娘嘲讽道，"不想拿回去？"

旁边有个男人想对她说点什么。她猛一转身，朝他啐了一口，他红着脸退回了人群中。围着铜栏杆那片区域另一头，墙板上有扇门开了。艾迪·马尔斯走了出来，一抹漠然的笑容凝固在脸上，他的手插在小礼服口袋里，两只拇指指甲都露在外面，闪闪发亮。他好像很喜欢这个姿势。他溜达到管理员身后，在赌桌一角站定。他的声音平静、慵懒，不像管理员那么客气。

"出了什么问题吗，夫人？"

她像是猛地向前一扑，转过脸看他。我看到她面颊的线条变僵硬了，仿佛内心正经历着难以承受的紧张。她没有作答。

艾迪·马尔斯严肃地说："玩够了的话，你必须让我派个人送你回家。"

那姑娘脸红了。她颧骨突起，泛出了白色。接着她不着调地笑了起来，忿忿道：

"再玩一局，艾迪。统统押上，红色。我喜欢红色。那是血的颜色。"

艾迪·马尔斯淡淡一笑，点点头，把手伸进内侧的胸袋。他抽出一只角上包金的硕大海豹皮钱包，漫不经心地扔给桌子那头的管理员。"不管她下注多少，都接。"他说，"如果没人反对，这一次轮盘就专为这位女士开。"

没人反对，维维安·里根俯下身子，伸出两只手穷凶极恶地把赢的钱一股脑儿推向下注格上那颗巨大的红宝石。

长眠不醒

管理员不慌不忙地俯身看向桌面。他数了数她的钱和筹码，叠好，把其中大部分的赌资堆成整齐的一摞，剩下的一些用耙子推出下注格。他打开艾迪·马尔斯的钱包，抽出扁扁的两叠千元大钞。他拆开一叠，点出六张钞票，跟另一叠完好的钞票归在一起，四张散钱则放回了钱包。他把钱包随手扔在一旁，仿佛那只是一盒火柴。艾迪·马尔斯没有去碰钱包。除了管理员，谁都没有动。他向左转动赌盘，手腕随意一挥，那颗象牙球便轻快地沿着上沿滚动起来。接着他抽回双手，交叠抱在胸前。

维维安的嘴唇慢慢张了开来，直到灯光把她的牙齿照得闪闪发亮，犹如一把把刀刃。那颗小球懒洋洋地滚下轮盘坡道，在数字标示上方的镀铬脊棱上一蹦一跳。就这样过了很久，随后只听得一声刺耳的"喀嚓"，小球突然静止了。轮盘动得越来越慢，带着小球一起转。直至轮盘完全停止转动，那管理员才展开双臂。

"红色赢。"他一本正经道，不带一丝感情。那颗象牙小球停在"红25"的位置，是"双零"后面的第三个数字。维维安·里根一仰头，得意地大笑起来。

管理员抬起耙子，慢慢把那叠千元大钞推过押注区，同维维安的赌注归拢，再慢慢清空了赌盘。

艾迪·马尔斯微微一笑，收好钱包，转身穿过嵌在墙板里的那扇门，离开了房间。

一大帮子人同时松了口气，四散向吧台走去。我趁维维安还在忙着收拢赢得的钱，没来得及从桌前转身，赶紧随着人流走到了房间另一头。我出门走进大厅，从女侍那儿拿回帽子和外套，往她的托盘里丢了二十五分钱，走到屋外的门廊里。门卫赫然出现在我身旁，说道："要帮你取车吗，先生？"

我说："我就是准备散散步。"

门廊边缘的那排涡卷装饰被雾气氤湿了。雾水是从那片辐射柏上滴下来的，从此处到大洋上的峭壁，树影越来越浅，终于消失不见。不管朝哪个方向，你都只能看到区区十几英尺之外。我走下门廊台阶，散着步穿过树林，一路走了下去，直到我能听到遥远的峭壁底下传来浪涛舔舐雾气的声音。哪里都看不到一丝光亮。有时我一眼望去，一处的十几棵树清清楚楚，另一处的十几棵却又模模糊糊，再看时就只能看到雾了。我向左转身，信步踱回那条绕向他们用来停车的马厩的石子路。等到可以看清房子的轮廓时，我停下了脚步。我听到，在我身前咫尺之遥有个男人在咳嗽。

我的脚步在柔软湿润的草皮上没有发出任何声响。那男人又咳了起来，接着不知用手帕还是袖管捂住了嘴。趁他还无暇他顾，我上前两步，跟他靠得更近了。看到他了，是个站在小路边的模糊人影。我听到有动静，立刻迈到一棵树后面，蹲伏着。那男人转过来了。照理说此时他的脸应该是模糊的一摊白色。并非如此。他的脸依然漆黑一片。他戴了面具。

我躲在树后面，静观其变。

23

轻细的脚步，一个女人的脚步，沿着那条难以辨认的小径走过来。我眼前的男人往前挪了两步，仿佛倚靠着雾气。一开始我看不见那个女人，后来隐隐约约看见了。她昂首的傲慢模样好像很眼熟。那男的立刻加快脚步上前。两个人影在雾霭中交织在一起，似乎化作了雾的一部分。经过片刻的死寂，男人开口了：

"这是一把枪，夫人。轻一点。有雾的时候声音传得远。把包给我就完事儿了。"

那女的一声不吭。我向前跨出一步。突然间我竟能看到那男人帽檐上沾满雾珠的绒毛了。那女的一动不动站着。接着她的气息开始带上一种刺耳的声响，就像用锉刀在刮蹭软木。

"倒是喊啊，"那男人说，"看我不把你劈成两半。"

她没喊。她也没动。他动了一下，干冷地咯咯一笑。"还是待在这儿好。"他说。传来锁扣碰擦和摸索的声响。那男的转过身，朝我面前的树走来。他走了三四步，又笑了起来。我的记忆里好像有过这样的笑声。我从口袋里拿出烟斗，像把枪似的捏着。

我轻轻叫道："嗨，莱尼。"

那男人死死立定，开始抬起手来。我说："别这样。我说过永远不要做这种事，莱尼。我的枪对着你呢。"

周遭没有一点动静。站在后面小路上的那个女人没动。我没动。莱尼也没动。

"把包放到你两脚之间，小子，"我对他说，"慢慢来，放轻松。"

他弯下腰。我纵身一跃，趁他还没起身就到了他跟前。他贴着我直起身子，气喘吁吁。他手里是空的。

"有本事就别让我得手。"我说。我靠上去，从他大衣口袋里拿走他的枪。"总有人在给我枪，"我对他说，"我身上都装满了，腰都快直不起来了。滚吧。"

我们的呼吸交织在一起，四目相对时仿佛两只在墙上狭路相逢的公猫。我退后两步。

"走好，莱尼。别生气。你不说，我也不说。行吗？"

"行。"他口齿不清地说。

雾霭吞没了他。隐约传来他的脚步声，随后什么也听不见了。我拾起包，手伸进去摸了摸，朝小径走去。她仍旧纹丝不动站在那里，灰色皮草外套紧紧裹着脖子，没有戴手套的手上，一枚戒指微微闪光。她没戴帽子。她分开的黑色头发成了漆黑夜色的一部分。她的眼睛也是。

"干得漂亮，马洛。这下你算是我的保镖了？"她声音里略带粗哑。

"看上去是那么回事。包给你。"

她接过包。我说："你开了车来吗？"

她笑了。"我跟一个男的一起来的。你在这儿干吗？"

"艾迪·马尔斯想见我。"

"我倒不知道你俩认识。见你干吗？"

"告诉你也没关系。他觉得我在找一个他认为跟他妻子私奔的男人。"

"那你在找吗？"

"没有。"

"那你来做什么？"

"来查明他为什么觉得我在找一个他认为跟他妻子私奔的男人。"

"查明了吗？"

"没有。"

"你透露起消息来就像个电台播音员。"她说，"我想那不关我的事——即便那男人是我的丈夫。我觉得你对此并没有兴趣。"

"大家硬是认定我在找他。"

她烦躁地咬了咬牙齿。遭到持枪蒙面人的抢劫似乎对她没有造成任何影响。"好吧,带我去车库吧。"她说,"我得看一下那个陪我来的人怎么样了。"

我们沿着小径,转过一幢房子的拐角,看到前方有灯光,接着又转过一个拐角,来到一处被两盏泛光灯照得敞亮的马厩,四周有围栏。那地方还铺着砖头,下坡路的尽头是挡在中间的栅板。一辆辆车泛着光泽,一个穿棕色工装的男人从凳子上起身,迎过来。

"我男朋友还没醒吗?"维维安漫不经心地问他。

"恐怕是的,小姐。我给他盖了条毯子,摇上了车窗。他应该没事的。就是在休息。"

我们走到一辆气派的凯迪拉克跟前,那个穿工装的摇下了后车窗。一个男人邋遢地躺在宽敞的后座上,一条花格毯子拉到了下巴位置;正张着嘴打呼噜。看起来他是个很能喝的高个金发男人。

"来见见拉里·科布先生,"维维安说,"科布先生——这位是马洛先生。"

我嘟哝了一声。

"是科布先生陪我来的,"她说,"真是个出色的护花使者,这位科布先生。那么体贴。你该看看他清醒时的样子。我也该看看他清醒时的样子。总有人该看看他清醒时的样子。我是说,只为留下记录。那将成为历史的一部分,转瞬

长眠不醒 | 159

即逝的一刻，很快湮没在时间之中，但永远不会被忘记——拉里·科布也有清醒的时候。"

"嗳。"我说。

"在那些满脑子不愉快的时候，"她用别扭的高嗓门接着说道，仿佛劫匪造成的惊吓这时才开始显山露水，"我甚至想过嫁给他。我们都有过那样的时候。家财万贯，你知道的。游艇，长岛有房子，新港有房子，百慕大有房子，这里那里，也许全世界都有房子——只消喝掉一瓶上好的苏格兰威士忌就能到家。而对于科布先生来说，喝一瓶威士忌花不了多少时间。"

"嗳，"我说，"他有司机可以送他回家吗？"

"别说'嗳'。粗俗。"她拱起眉毛看着我。那穿工装的男人狠狠咬着下嘴唇。"噢，他肯定有一个排的司机啊。没准每天早上他们都要在车库门口列队呢，纽扣锃亮，制服挺括，白手套一尘不染——体面得像西点军校出来的。"

"好吧，司机到底在哪里？"我问道。

"他今晚是自己开车来的，"那穿工装的男人说道，简直像在道歉，"我可以给他家里打电话，叫人来接他。"

维维安转身朝他一笑，仿佛他刚刚献给了她一顶钻石头冠。"那样就太好了，"她说，"你愿意吗？我真的不想科布先生就这样死掉——嘴巴都还张着。有人会认为他是渴死的。"

穿工装的男人说:"他们只消闻一闻,就不会那么想的,小姐。"

她打开包,抓出一大把钞票塞给他。"相信你会照顾好他的。"

"天哪!"那男人瞪大了眼睛,说道,"一定照办,小姐。"

"我姓里根,"她温柔地说,"里根太太。你也许还会见到我的。来得时间不长,是吧?"

"是的。"他捏着那把钞票,双手狂乱地动着。

"你会喜欢上这里的。"她说。她勾住我的手臂。"我们坐你的车吧,马洛。"

"在外面的街上。"

"完全没问题,马洛。我喜欢在雾里散个步。会碰上很有意思的人。"

"噢,得了吧!"我说。

她勾住我的手臂不放,颤抖起来。我们朝停车的地方走去,她紧紧勾了我一路。到了车子跟前她才算是不抖了。我在房子背面的一条曲折的林间小路上行驶。小路尽头的德·卡岑斯大街是拉斯奥林达斯的主干道。我们掠过那一盏盏光芒四射的古旧弧光灯,片刻之后,到了一个城镇,眼前出现了楼宇、死气沉沉的商店、夜用门铃上亮着灯的加油站,最后是一家还没关门的杂货店。

长眠不醒 | 161

"你最好先喝一杯。"我说。

她动了动下巴——不仔细看就是车座角落里苍白的一点。我斜穿到对面的路缘前,停好车。"一点黑咖啡配上少许黑麦威士忌,管用。"我说。

"我会醉得像两个水手对饮那样,一定爽极了。"

我为她撑住车门,她贴着我下了车,发丝掠过我的面颊。我们走进那家杂货店。我在酒类柜台买了一品脱黑麦威士忌,走到座椅前,把酒放在有裂缝的大理石长桌上。

"两杯咖啡。"我说,"黑咖啡,要浓,用今年新烘的豆子。"

"你们不能在这儿喝酒。"店员说。他穿着褪色的蓝色工作服,微微秃顶,眼神非常诚恳,眼睛看到墙壁之前绝对不会让下巴撞上去。

维维安·里根伸手从包里掏出一盒烟,像个男人似的摇出几根。她把烟递给我。

"在这里喝酒是违法的。"店员说。

我点上烟,根本不理睬他。他从一只黯淡无光的镍壶里倒了两杯咖啡,端到我们面前。他看了一眼那瓶酒,喘着气嘟嘟囔囔,疲惫地说:"好吧,你们倒酒时我看着街上。"

他走到橱窗前站定,背对着我俩,竖起耳朵听着外面的动静。

"我的心都快跳到嗓子眼儿了,"说着,我拧开瓶子,给咖啡兑上酒，"镇上的警力实在厉害。整个禁酒期间，艾迪·马尔斯那地方一直是夜总会，每天晚上大厅里都有两个穿制服的值班——顾客要喝酒得当场买，不准自己带。"

那店员突然转身回到柜台后面，走进配药间站在一扇小玻璃窗后面。

我们抿着兑酒的咖啡。我看着咖啡壶背后镜子里维维安的脸。那张脸紧张、苍白、美丽而狂野。她的嘴唇鲜红、冷酷。

"你有双邪恶的眼睛。"我说，"艾迪·马尔斯抓住你什么把柄了？"

她看着镜子里的我。"今天我玩轮盘赌赢了他一大笔钱——上手的赌本是昨天问他借的五千块，都没用到。"

"他大概挺心疼的。你觉得那个响马子①是他派去抢你的吗？"

"什么叫响马子？"

"就是身上带枪的人。"

"你是响马子吗？"

"当然。"我笑道，"不过严格来说，响马子都是站错了队的人。"

---

① "响马子"原文作 loogan，较为生僻，可能是来源于 hooligan（Patrick Hooligan 是 1898 年横行于伦敦东部 Southwark 镇的爱尔兰恶少）一词，故维维安·里根不熟悉。

"我始终不懂站队有没有对错之分。"

"我们跑题了。艾迪·马尔斯抓住你什么把柄了？"

"你是说控制了我之类？"

"是的。"

她撇了撇嘴。"你该聪明点，马洛。该比现在聪明得多才好。"

"将军还好吗？我从不装出一副聪明的样子。"

"不太好。今天他没有起床。你至少可以不一直追问我。"

"记得有段时间我对你的想法也是这样。将军知道多少实情？"

"可能他什么都知道。"

"诺里斯会向他汇报？"

"不。地方检察官王尔德来见过他了。你把照片都烧了吗？"

"当然。你妹妹让你很担心吧——时不时地？"

"我想她是唯一让我担心的人。我也担心爸爸，但主要是要对他瞒事情。"

"他并不抱有很多幻想，"我说，"但我想他还没有丢掉自尊心。"

"我们是他的骨肉。坏就坏在这里，"她深邃、渺远的眼睛盯着镜中的我，"我不希望他死的时候还在鄙视自己的亲骨血。我们的血总是野性难驯，但并不总是那么差劲。"

"那现在呢？"

"大概你觉得很差劲吧。"

"你的血不差劲。你只是在演戏。"

她低下头。我抿了几口咖啡，给我俩又点了一根烟。"所以你开枪杀人，"她轻声说，"你是个杀人犯。"

"我？从何讲起？"

"报纸和警方把事情说得很圆。但我不会读到什么就相信的。"

"噢，你觉得是我杀了盖革——或者布罗迪——或者他俩都是我杀的。"

她一言不发。"我没必要啊，"我说，"就算是我杀的吧，而且没被人发现。那俩家伙肯定毫不犹豫想让我挨枪子儿。"

"即便如此，你内心也是个杀人犯，跟所有警察一个样。"

"噢，胡扯。"

"你就是那种阴暗、沉默、杀人不眨眼的人，好比屠夫面对砧板上的肉，冷酷无情。第一次见你时我就看出来了。"

"你有那么多见不得光的朋友，不应该这么觉得啊。"

"跟你相比，他们都是软心肠。"

"谢谢，女士。你也不是什么软柿子。"

"我们离开这个破烂地方吧。"

我付了账,把那瓶酒塞进口袋,跟她离开了。那店员还是不喜欢我。

我们驱车驶离了拉斯奥林达斯,连着经过好几个潮湿海滩边的镇子,有些状似棚屋的房子建在沙滩上,如泣如诉的海浪声就在近旁;也有些较大的房子建在后面的山坡上。零星能看到窗户里亮着黄色灯光,但大多数屋里是漆黑的。水上飘来一阵海草的味道,附在雾气之上。轮胎在湿漉漉的水泥地上发出"刷刷"的声响。整个世界都是湿的,空空荡荡。

我们快到德尔雷时,她才在离开杂货店之后第一次同我说话。她的声音很低沉,仿佛后面有什么东西在颤动。

"开去德尔雷海滩俱乐部那边。我想看看海水。就在靠左的下一条街。"

十字路口黄色信号灯在闪。我转过车头,驶下坡道。那坡道一边是高耸的峭壁,右边是几条城际公路,公路远处,底下散布着万家灯火,远在天边的地方,码头灯光星星点点,城市上空弥漫着烟霾。一路开去,雾倒是基本散了。道路先是与城际公路在悬崖下那段的起点相交,随后到了一条滨水而建的公路,旁边是一个空旷而凌乱的海滩。车都沿着人行道停放,面朝漆黑一片的大海。海滩俱乐部的灯光在几百码开外。

我靠着马路牙子踩下刹车,熄灭头灯,手搁在方向盘上坐着。在逐渐变稀的雾气里，海浪几乎悄无声息地翻滚、起沫，仿佛一缕思绪正在意识边缘努力成形。

"靠近点儿。"简直有点听不清她在说什么。

我从方向盘下面挪出身子，坐到座椅中间。她稍稍转过去了一点，像是要看窗外。随后她一声不响地任由自己往后一靠，倒进了我的怀里。她的头差点撞到方向盘。她的眼睛闭着，她的脸影绰不清。接着我看到她的眼睛睁开了，眨了眨，哪怕在黑暗中也能看到眼珠的光亮。

"抱紧我，你这畜生。"她说。

一开始，我松松垮垮地抱住了她。她的头发扎在我脸上，感觉有点毛糙。我夹紧手臂，将她抬了起来。我把她的脸慢慢托起，凑近我的脸。她的眼睑扑扇得很快，像飞蛾的翅膀。

我亲了她一下，又快又狠。接着四片嘴唇悠长缠绵地贴在一起。她的嘴唇慢慢张开了。她的身体在我怀里颤抖起来。

"杀人犯。"她柔声说，她的气息拥进了我的嘴里。

我把她越抱越紧，直到我的身子几乎要随着她一道颤抖起来。我不停吻她。过了许久，她才把脑袋移开到可以说话的距离，问我："你住哪儿？"

"霍巴特大厦。肯摩尔附近那段富兰克林大街。"

"还没见识过呢。"

"想去？"

"想。"她喘着气说。

"艾迪·马尔斯抓住你什么把柄了?"

霎时,她的身体在我的怀里僵了,她的呼吸里带上了粗粝的杂音。她的脑袋越挪越远,停下时,她的眼睛睁得很大,眼圈煞白,盯着我。

"所以到头来是这么回事。"她沮丧地轻声说道。

"就是这么回事。亲吻的感觉很棒,但你父亲花钱雇我不是为了跟你睡觉的。"

"你个狗娘养的。"她平静地说,一动不动。

我对着她的脸大笑。"别以为我真是根冰柱子,"我说,"我既不瞎,也不是木头。我跟你下一个要勾搭上的男人一样热血澎湃。你太容易上手了——太他妈容易了。艾迪·马尔斯抓住你什么把柄了?"

"如果你再说这句话。我就要喊了。"

"随便喊。"

她猛地弹开,坐直了身体,远远躲在车子一角。

"男人就是因为这种小事吃枪子儿的,马洛。"

"其实男人吃枪子儿根本不需要原因。我俩头一次见面时,我就告诉你我是个侦探。用你漂亮的脑袋好好琢磨琢磨。我是在工作,夫人。不是闹着玩儿。"

她在包里乱摸了一阵,掏出一块手帕,咬在嘴里,别过头去。我耳边传来撕拉手帕的声音。她用牙齿慢慢撕碎了手帕,撕了一次又一次。

"你为什么觉得他手里有我的把柄?"她细声细语道,嘴里的碎布让她没法大声说话。

"他故意输给你一大笔钱,然后派了个枪杆子把钱抢回去。你并不怎么惊慌。都不感谢我帮你把钱要回来。要我说,整件事就是一出戏。不怕抬举我自己,我得说,那戏至少一部分是演给我看的。"

"你觉得他想赢就赢,想输就输?"

"当然。赌注对等的情况下,五次里面有四次都可以。"

"我有没有必要告诉你我恨透你了,侦探先生?"

"你不亏欠我什么。我的酬劳付清了。"

她把那块撕烂的手帕扔出车窗。"你很能让女人开心。"

"我喜欢吻你。"

"你的头脑始终很冷静。真讨人喜欢。我应该恭喜你,还是我父亲?"

"我喜欢吻你。"

她的嗓音变成了冰冷的拖腔。"要是你还有点良心,带我离开这儿吧。我确定我想回家了。"

"不想当我的好妹妹了?"

"我要是有把剃刀,准把你喉咙割开——就想看看流出来的是什么。"

"毛毛虫的血。"我说。

我发动车，掉头往回开，穿过城际道路驶上公路，进了城，上坡往西好莱坞而去。她不跟我说话。回去的一路上，她几乎没动弹。我穿过那座深宅的重重大门，驶上通往停车门廊的车道。她猛然推开车门，不等车停稳当就跳了下去。哪怕到了这时候她也一声不吭。我看着她按完门铃站在门口的背影。门开了，诺里斯探出头来。她迅速走过他身边，不见了。门嘭的一声关了，我坐在车里看着它。

我掉头沿着车道开出去，回家了。

24

这一次，公寓楼的大厅是空的。盆栽棕榈树后面并没有拿着枪的人对我发号施令。我坐电梯到了我住的那层，伴着某扇门后面的收音机传出的低柔曲调，在走廊里前行。我需要喝上一杯，迫不及待。进门后我没有打开灯。我直奔厨房，可走到三四英尺开外时我停住了。有什么东西不对劲。空气里的什么东西，某种味道。百叶窗合着，街上的灯火从窗户两侧漏进来，屋里的光线很昏暗。我静静站着，侧耳细听。空气里的味道是香水味，浓重得令人倒胃口。

四下没有声响，全然没有声响。我的眼睛渐渐适应了黑暗，我看到房间另一边，有些原本不应该在那儿的东西出现在我面前。我往后一退，伸出拇指摸向墙上的开关，打开了灯。

折叠床放下来了。上面有个什么东西在咯咯笑。一颗满头金发的脑袋陷在我的枕头里。两条裸露的胳臂向上屈起，手掌紧扣在那颗金发脑袋顶上。是卡门·斯特恩伍德仰面躺在我的床上，正朝我咯咯笑。她那一头秀发在我的枕头上铺开棕色的波浪，宛若出自能工巧匠的设计。她蓝灰色的眼眸凝视着我，跟往常一样，还是让人感觉那目光是从照相机镜头后面射出来的。她笑了。她又小又尖的牙齿闪着光。

"我不可爱吗？"她说。

我走到落地灯前，按下了开关，回到原处关掉顶灯，重新穿过房间，走到牌桌前看着台灯下的那盘象棋。棋盘上是个困局，只能走六步。就像生活中的许多困局，这棋局我解不开。我落手拿起一个"马"走了一步，随后扯下帽子脱下外套，随便一丢。在此期间，床上的轻柔笑声始终没停，那声音让我想起一所老宅墙板后面老鼠的窸窣声响。

"我敢说你连我怎么进来的都猜不到。"

我抽出一根烟，眼神空洞地看着她。"我敢说我猜得到。你从钥匙孔里钻进来的，就像彼得·潘那样。"

"他是谁？"

"噢，以前在台球房里认识的一个家伙。"

她傻笑着。"你很可爱，对吗？"她说。

我话都出口了："说起那根大拇指——"可她还是比我

长眠不醒 | 171

快。我不必提醒她的。她从脑袋后面抽出右手,一边开始吮吸大拇指,一边用圆溜溜的眼睛顽皮地看着我。

"我啥也没穿。"我抽完烟,盯着她看了一分钟后,她说道。

"老天作证,"我说,"话已经到嘴边了。我正在想该怎么开口呢。我差点就说了,你快了一步。但凡慢上一分钟,我准会先说:'你肯定啥也没穿。'我可总是穿着橡胶鞋睡觉,生怕醒过来良心难安,得赶紧开溜。"

"你很可爱。"她搔首弄姿地稍微转了转脑袋。接着她从后脑勺下面抽出左手,抓住被子,煞有介事地停顿片刻,掀了开来。她确实啥也没穿。她躺在床上,在灯光照映下,赤裸、闪亮得犹如一颗珍珠。那天晚上,斯特恩伍德家的两位千金都想对我献身。

我揪掉残留在下唇边缘的几片烟草。

"挺漂亮的,"我说,"但我早就全看过啦。记得吗?我老是在你一丝不挂的时候找到你。"

她又傻笑了几声,重新盖上被子。"嗯,你是怎么进来的?"我问她。

"楼管放我进来的。我给他看了你的名片。我从维维安那儿偷的。我对他说,你叫我来这儿等你。我——我神出鬼没。"她的脸上泛出喜悦的光芒。

"棒极了,"我说,"楼管是这样子的。既然我知道了你是怎么进来的,说说你打算怎么出去吧。"

她咯咯笑着。"不出去——想待上很久……我喜欢这里。你很可爱。"

"听着,"我用手里的烟指着她,"别再叫我帮你穿衣服了。我累了。我对你奉献给我的一切都很感激。就是我无福消受。道格豪斯·赖利从来不会像这样让朋友失望。我是你的朋友。我不想让你失望——不管你自己怎么想。你我之间必须保持朋友关系,不该干那事儿。现在你可以做个乖丫头,穿好衣服了吗?"

她把头摇过来又摇过去。

"听着,"我继续努力劝她,"你其实对我压根没兴趣。你就是想让我看看你能淘气到什么分儿上。但你不必做给我看的。我早就知道了。我老是在——"

"把灯关掉。"她傻笑道。

我把烟扔在地上,踩灭火星。我拿出手帕,擦了擦手掌。我又做了一次尝试。

"不是怕邻居看见,"我对她说,"他们无所谓的。随便哪栋公寓楼里都有不少野鸡,多一个,房子也不会塌。这关乎职业的尊严。知道吧——职业的尊严。我为你父亲工作。他病了,弱不禁风,孤苦无助。他挺信任我,觉得我不会耍花招。请你穿上衣服好吗,卡门?"

"你的名字不是道格豪斯·赖利,"她说,"而是菲利

长眠不醒 | 173

普·马洛。你骗不了我。"

我低头看着棋盘。马的那步走错了。我把那颗棋子放回原位。马在这局棋里毫无价值。这不是属于马的一局棋。

我又看了看她。眼下她静静躺着,苍白的面颊贴着枕头,眼睛又大又黑,却空洞得犹如旱灾时的雨水桶。她的手掌虽然五指俱全,大拇指却被啃得不成了样子——她正用一只手烦躁地揪着被子。她的心里渐渐隐约生出几丝狐疑。她还没明白过来。要让女人——哪怕是讨人喜欢的女人——懂得她们的身体并非不可抗拒,实在是太难了。

我说:"我去厨房调杯喝的。要来一杯吗?"

"嗯嗯!"那双困惑、无言的深色眼睛认真地盯着我,狐疑就像一只躲在高高草丛里追踪鹩哥的猫,悄然潜入她的眼中,益发加重了。

"如果我回来时你穿好衣服了,就有喝的。行吗?"

她牙齿分开,一阵微弱的嘶嘶声从她嘴里发了出来。她没有回答我。我去小厨房里拿了点威士忌和气泡水,调了两份高杯酒①。我这儿没有"硝化甘油"或者"蒸馏的老虎气息"那类真正刺激的东西可以喝。我拿着酒杯回来时她还是没动。嘶嘶声停了。她的眼神又了无生气了。她的嘴开始对我露出笑容。接着她突然坐了起来,把身上的被褥掀得一干

---

① Highball:用威士忌或白兰地等烈酒掺水或汽水加冰块制成的饮料,盛在高玻璃杯内饮用。

二净,伸出手。

"给我喝。"

"等你穿好衣服。不穿不给。"

我把两杯酒搁在牌桌上,自顾坐好,又点了一根烟。"尽管穿。我不看你。"

我转过头去。这时我听见那嘶嘶声又来了,非常急促、刺耳。我吃了一惊,赶紧重新向她望去。她赤条条坐在那儿,两手撑着床,嘴巴张开了一点,她的脸犹如剔净了肉的白骨。那嘶嘶声从她的嘴里喷涌而出,仿佛跟她毫无干系。她的眼神虽然空洞,但背后隐藏着某种东西,是我从未在女人眼里看到过的。

接着,她的嘴唇动了,非常缓慢,非常小心,仿佛那是两片人造嘴唇,得靠弹簧操控。

她骂了我脏话。

我不在乎。她叫我什么,随便谁叫我什么,我都不在乎。但这屋子我总得住。我只有这么一个可以称之为"家"的地方。这屋里有属于我、能勾起我思绪的一切,所有过往,所有聊以代替一个家庭的东西。不多:一些书、照片、收音机、棋子、旧信件,诸如此类。没了。可它们装着我所有的回忆。

我再也无法忍受她待在屋里了。她骂我的话只会让我想起那些东西。

我慎重地说:"我给你三分钟穿上衣服离开这儿。如果到时你还不走,我就要赶了——扔你出去。就现在这副样子,光溜溜的。再把你的衣服扔进走廊,堆在你屁股后面。赶紧——开始吧。"

她牙齿打起战来,嘶嘶的声响刺耳又凶残。她一甩腿下了地,伸手够床边椅子上的衣服。她开始穿衣服了。我看着她。她用对一个女人来说僵硬笨拙的手指打理着,但动作很迅速。没过两分钟她就穿戴妥当。我掐表计时了。

她站在床边,手里的绿色提包紧贴着一件毛边镶边的外套。她的头上歪戴着一顶潇洒不羁的绿帽子。她站了片刻,朝我嘶嘶吐气,她的脸依旧像是剔净了肉的白骨,她的眼睛依旧空洞,却充盈着某种狂野的情绪。她快步走向门口,打开门出去了,没有说话,也没有回头看。我听到电梯摇晃着开动起来,在电梯井里滑行。

我走到窗前,拉起百叶窗帘,把窗子敞开。夜晚的空气飘进来,那股污浊的甜腻里依然滞留着汽车尾气和城市街道的味道。我伸手取来酒,慢慢喝着。楼底下的公寓大门自动关上了。静谧的人行道上传来"哒哒"的脚步声。不远处有辆车发动了。随着齿轮粗粝的撞击声,车子飞快驶入了夜色中。我回到床前,低头看着。枕头上仍然留有她脑袋的印记,被单上的压痕则依稀现出她那具小小的邪恶躯体。

我放下空杯子,野蛮地把床上的一切扯了个稀巴烂。

25

第二天早上又下雨了。灰色的雨幕倾斜着披下来，像一片水晶珠子结成的挂帘。起床时我感到又倦又乏，站在窗前向外望着，嘴里还残留着斯特恩伍德姐妹浓烈、苦涩的味道。我了无生气，空虚得犹如稻草人的口袋。我到厨房里去喝了两杯黑咖啡。能让你宿醉的，不光是酒精。这回是女人带给我的。女人把我恶心到了。

我刮了脸冲了澡，穿好衣服，翻出雨披，下楼朝门外望去。街对面，往北一百英尺的地方，停着一辆灰色的普利茅斯轿车。就是前一天试图跟踪我的那辆，也就是我向艾迪·马尔斯打听的那辆。车里也许是警察，如果一个警察手上有大把时间，并且愿意浪费来盯我梢的话。也可能是某个侦探界的滑头，为了插上一脚别人的案子，正设法打探情报。也可能是百慕大主教，专程来批评我的夜生活。

我出门到后面的车库里取了车，绕到楼前经过那辆普利茅斯。里面独自坐着个小个男人。他发动汽车跟上来。看来他比较擅长开雨路。他靠得足够近，碰上短的街区，我还没开出去他已经跟上来了；他又离得足够远，多数时间我俩之间总有其他车子。我一路开到大道，在我办公楼旁的停车场停了车，走出来时，我的雨衣领子竖得很高，帽檐压得很低，冰凉的雨水拍打着两者之间的我的脸。那辆普利茅斯车停在路对面的消防栓前。我走到十字路口，等绿灯亮了穿过去又踅回来，靠近人行道和停泊的车辆。那辆车没动。没人下车。我走上前，猛地拉开它靠人行道一边的车门。

一个眸子亮闪闪的小个男人缩在驾驶座一角。我站在那儿探头看他，雨点重重拍打着我的背。他的眼睛在盘旋的烟雾后面眨了眨。他的手不安地在纤细的方向盘上拍着。

我说："还没想好吗？"

他咽了口唾沫，他唇间的香烟一上一下动着。"我好像不认识你啊。"他紧张地小声说道。

"鄙姓马洛。就是你想方设法跟踪了两天的人。"

"我没在跟踪谁，伙计。"

"那就是这辆破车在跟踪。也许你无法控制它。随你怎么说吧。我现在要去对面咖啡馆吃个早饭，橙汁、培根配鸡蛋、吐司、蜂蜜、三四杯咖啡，再来一根牙签剔剔牙。然后我会去办公室，就在你正对面那栋楼的七楼。如果你心里有什么事困恼得受不了，来一趟聊聊吧。我今天挺闲，就是要给机关枪上点油。"

我由他眨巴着眼睛，自顾走了。二十分钟后，我正一边把保洁女工的《爱的夜晚》扔出办公室，一边打开一个粗糙的厚信封，地址是用老派的带尖头的笔迹写的。信封里有一张例行的短笺和一张淡紫色五百美元支票，写明应支付给菲利普·马洛,落款盖伊·德·布利塞·斯特恩伍德,由文森特·诺里斯代签。这个早晨于是变得很美好。我正填着银行的单子,门铃响了,我知道狭小的接待室里来了客人。是那个开普利茅斯车的小个男人。

"很好,"我说,"进来,外套脱了吧。"

我撑着门,他谨小慎微地徐徐走过我身边,谨慎得好像生怕我会往他的小屁股上来一脚。我们在桌子两边落座,面对面。他个子特别小,不到五英尺三,体重几乎及不上一个屠夫的大拇指。他有一双略显紧张的明亮眼睛,努力想显得坚定,但那副"坚定"的样子就像半块贝壳上的牡蛎。他穿一身双排扣深灰色套装,肩膀处太宽,翻领又太大。外面是一件爱尔兰花呢外套,敞着,有几个点磨损得厉害。交叠的翻领之上,一条薄软绸的领带露出了大半,溅满了雨水。

"也许你认得我,"他说,"我是哈利·琼斯。"

我说我不认识他。我把一扁听香烟推到他面前。他小巧干净的手指夹出一根,犹如一条鲑鱼咬住蝇饵。他用台式打火机点完烟,摆了摆手。

"我来过这块儿,"他说,"认识了一些本地人。以前常从胡内米角[①]运点酒过来。这行不好做啊,兄弟。坐着侦察的车,大腿上搁一把枪,屁股口袋里塞着足以堵住运煤槽的

---

① Hueneme Point:位于加利福尼亚州。

一大摞钱。好几回，还没到贝弗利山我们已经给四批警察孝敬买路钱了。这行不好做啊。"

"可怕。"我说。

他向后一靠，他那张紧绷的小嘴的紧绷的小小嘴角，向天花板吐着烟。

"也许你不相信我的话。"他说。

"我也许不相信，"我说，"也许相信。话说回来，也许我没必要浪费时间做决定。你铺垫了这么多，跟我有什么关系呢？"

"是没关系。"他讥诮地说。

"这两天你一直在跟踪我，"我说，"就像一男的想勾搭某个姑娘，却又缺少最后那一丝勇气。可能你是要推销保险。也可能你认识一个叫乔·布罗迪的家伙。可能性有很多，但我手上有很多正事要忙。"

他的眼珠子突了出来，下嘴唇简直掉到了大腿上。"老天爷，你是怎么知道的？"

"我懂读心术。别憋着了，一吐为快吧。我时间有限。"

他的眼睛突然一眯，眼里的光彩几乎消失了。屋里沉寂了下来。在我窗户下方，雨不停拍打着大厦门厅那涂了柏油的平坦屋顶。他的眼睛睁大了一点，再次闪亮起来，他的声音透着深思熟虑。

"没错，我是在打探你的情况，"他说，"我有东西要卖——便宜,只要两百块。你怎么知道我认识布罗迪?"

我打开一封信读了读。说有六个月的函授课程教授提取指纹,专业人士可以给予特别的优惠。我把信扔进垃圾桶,目光回到那小个子身上。"别介意。我就是瞎猜。你不是警探。跟艾迪·马尔斯也不是一伙的。昨晚我问过他了。除了乔·布罗迪的朋友,我想不出还有谁会对我有那么大的兴趣。"

"天哪!"说着,他舔了舔下嘴唇。听我提起艾迪·马尔斯,他的脸色顿时惨白如纸。他的嘴耷拉着张了开来,那根烟有魔力似的悬在嘴角,仿佛原本就长在那儿。"呀,你在开玩笑吧!"最后他说道,脸上挂着那种你能在手术室里看到的笑容。

"好吧。算我开玩笑。"我打开另一封信。这次是要从华盛顿给我寄每日通讯,都是直接来自内部的机要消息。"艾格尼丝应该已经放出来了。"我补了一句。

"对。是她派我来的。你有兴趣了?"

"嗯——她是个金发美女嘛。"

"去你的。那天晚上你上那儿打了人——就是乔被枪杀的那晚。乔在某方面肯定掌握了一些关于斯特恩伍德家的好东西,不然他不会把赌注下在寄给他们的照片上。"

"嗯哼。他掌握了?是什么呢?"

"让你花两百块就是要买这个。"

长眠不醒 | 181

我又把几封仰慕者的来信丢进垃圾桶,给自己新点上一根烟。

"我们准备出城,"他说,"艾格尼丝是个好姑娘。你不能欺负她。这年头,一个女人过日子不容易。"

"她对你而言块头太大了,"我说,"一个翻身就能把你闷死。"

"你那样打女人很卑鄙,兄弟。"他的语气予人的感觉似乎此事关乎尊严,让我不由盯着他看。

我说:"你说得对。我最近交友不慎。废话到此为止吧,我们来谈案子。你靠什么赚那笔钱?"

"你愿意出钱吗?"

"在什么情况下?"

"在我的情报可以帮你找到拉斯蒂·里根的情况下。"

"我又没在找拉斯蒂·里根。"

"得了吧。想听还是不想听?"

"赶紧说吧。只要我用得上,我就付钱。在我的圈子里,两百块可是能买到许多情报的。"

"艾迪·马尔斯派人弄死了里根。"他平静地说,随后向后一靠,那派头就像是刚当选了副总统。

我朝门口摆了摆手。"我都不想跟你争辩,"我说,"不愿意浪费氧气。走好不送,小矮子。"

他俯身从桌上靠过来,嘴角露出白色的线条。他小心地掐灭香烟,掐了一次又一次,连看也不看一眼。同我办公室相通的一扇门内传来单调的打字机声响,敲铃,换挡,一行又一行。

"我没开玩笑。"他说。

"走你的吧。别烦我。我还有事要做。"

"不,你闲着呢,"他尖刻地说,"我没那么好打发。我来这儿是为了讲我知道的那点东西,而我正在说呢。我跟拉斯蒂认识。谈不上熟,见面时我会打招呼:'最近可好?'他有时会回我有时不回,取决于他的心情。但人是好人。我一向挺喜欢他。他很迷一个名叫莫娜·格兰特的歌女。后来她把姓氏改成了马尔斯。拉斯蒂伤了心,找了个富婆结婚了。那女人整天混迹赌场,像在家里睡不着觉似的。你对她的底细一清二楚,高个子,黑头发,如果是匹马,论模样应该也足够拿冠军了,但那种类型的女人会让男的有压力。神经紧张。拉斯蒂跟她过不下去。但老天啊,他总不会跟她爸爸的钱过不去吧?你准是这么想的。想这里根是个贪婪小人,路子却很怪。他目光长远。他总是在眺望下一个山谷。他极少原地踏步。但我觉得他根本不在乎钱。这话从我嘴里说出来,兄弟,是真心称赞。"

这小个男人到底不傻。那种花二十五分钱能找来三个的小混混根本想不到这些,更别说表达出来了。

我说:"所以他逃跑了。"

长眠不醒 | 183

"他就此开始一路逃,有可能。带着那个叫莫娜的姑娘。她不跟艾迪·马尔斯一起住,看不惯他的勾当。尤其是那些副业,像勒索钱财、偷窃车辆、藏匿东部来的通缉犯,等等。据说有天晚上里根在大庭广众下警告艾迪,要是他敢连累莫娜违法犯罪,他到时会来问候他。"

"你说的大多数都能查到案底,哈利,"我说,"你不能指望靠这些让我掏钱。"

"我来就是要说点查不到的。所以里根就走了。我一度看到他每天下午都在瓦尔迪酒馆喝爱尔兰威士忌,盯着天花板出神。他话也不多了。他时不时会给我笔赌金,而我去那儿的目的就是替普斯·沃尔格林收赌金。"

"我原以为他是干保险的。"

"门面上确实是这么写的。如果你硬逼他,我想他也是可以卖保险给你的。嗯,九月中旬那段,我再没见着里根。我并没有立刻注意到这一点。这种事情你明白的。某个人在那儿时,你常看见他,后来他不在了,你虽然看不到他,但总要等出了什么事才会想起来。我是怎么想起来的呢?有天我听到有人嘲笑艾迪·马尔斯,说他老婆都跟拉斯蒂·里根跑了,自己非但不伤心,还表现得像伴郎似的。于是我把这事告诉了乔·布罗迪。乔倒是聪明。"

"他是聪明。"我说。

"不是警察那一路的聪明,但还是聪明的。他想要钱。

他冒出了一个念头：要是能设法弄到那对鸳鸯的情况，他或许可以捞到双份——从艾迪·马尔斯那儿赚一次，再从里根太太那儿赚一次。乔跟那家人有点认识。"

"五千块，"我说，"不久前，他刚敲过他们这么大的竹杠。"

"是吗？"哈利·琼斯略显吃惊，"艾格尼丝应该告诉我的。碰上命定的女人了，总对你有所隐瞒也没辙。对了，乔和我留心了各大报纸却什么也没看到，所以我们知道老斯特恩伍德掩盖了真相。然后有一天我在瓦尔迪酒馆见到了拉什·卡尼诺。认识吗？"

我摇头。

"有些家伙是自以为强悍，那小伙子是实打实的强悍。马尔斯有需要的时候，他为他办事——解决麻烦。他可以喝完一杯去杀个人，杀完人再喝一杯。马尔斯不需要他的时候，他就离得远远的。而且他不住在洛杉矶。嗯，这也许能说明点问题，也许不能。也许他们已经锁定里根了，马尔斯正坐在幕后，脸上含着笑，等待时机。但也可能事情完全是另外一副样子。总之我跟乔通了气，他盯上了卡尼诺。盯梢他拿手。我就干不来。我现在透露给你的这部分内容，不收费。乔跟踪卡尼诺去了斯特恩伍德府，等卡尼诺在庄园外面停好车，他身边出现了另一辆车，里面是个姑娘。他俩聊了一会儿，乔似乎看到那姑娘把什么东西交给了卡尼诺，好像是钱。那姑娘旋即离开了。是里根太太。很好,她认识卡尼诺,而卡尼诺认识马尔斯。于是乔断定卡尼诺知道一些里根的底细,正想法给自己捞点好处。卡尼诺离开的路上,乔跟丢了。第一幕至此结束。"

"卡尼诺这人长什么样?"

"矮个,块头敦实,棕色头发,棕色眼睛,总是穿棕色衣服戴棕色帽子。甚至还有一件棕色仿麂皮雨衣。开一辆棕色小轿车。卡尼诺先生的整个世界都是棕色的。"

"可以讲第二幕了。"我说。

"不给钱的话到此为止了。"

"我觉得这些不值两百块。里根太太嫁给了夜店里认识的一个前私酒贩子。她还会认识他这一类的其他人。她跟艾迪·马尔斯很熟。如果她认为里根出了什么事,艾迪就是当仁不让她会去找的那个人,而卡尼诺又很可能是艾迪派去处理事务的人选。你想说的就这么多对吧?"

"你愿不愿意花两百块打听到艾迪的妻子在哪里?"那小个子平静地问。

这下我的注意力全在他那儿了。我紧紧靠在座椅上,都快把扶手压断了。

"哪怕她是一个人?"哈利·琼斯加了一句,语气轻柔,又十分奸诈,"哪怕她根本从来没有跟里根私奔,现在正藏匿在离洛杉矶大概四十英里远的一个隐蔽住处——所以警方才会始终认为她跟里根一块儿跑了,你愿意为此付两百块吗,探子?"

我舔了舔嘴唇。它们尝起来又干又咸。"我想我是愿意的,"我说,"她在哪儿?"

"是艾格尼丝找到她的,"他阴鸷地说,"机缘巧合。在路上看到她开车,就想法跟踪她回了家。艾格尼丝会告诉你她在哪儿——等钱到她手里之后。"

我狠狠盯了他一眼。"你把这些告诉警察可就一分钱拿不到了,哈利。最近总局那边雇了一些厉害的打手,要是在审讯时把你弄死了,他们还有艾格尼丝呢。"

"他们可以试试看,"他说,"我没那么脆弱。"

"艾格尼丝肯定掌握了一些我之前没有留心到的东西。"

"艾格尼丝坑蒙拐骗,侦探。我也坑蒙拐骗。我俩都坑蒙拐骗。所以为了一点钱我们尽可以出卖对方。没问题的。看你有没有本事。"他伸手又拿了一根我的烟,干净利落地放在嘴里,跟我一样想用火柴点,可在拇指指甲上滑了两次都没点着,只好在鞋底上擦燃了。他和缓地吐着烟,视线齐平注视着我。这小个子真是有意思又难对付,我简直能把他从本垒一下扔到二垒。是个生活在大人国的侏儒。不过,他的某些方面我还挺喜欢的。

"我还一无所获呢,"他沉着地说,"我来是为了那两百块钱。还是这个价。来这儿是因为觉得不管钱能不能到手,

长眠不醒 | 187

总是找对了人。你倒抛出警察来要挟我。你该感到害臊。"

我说:"提供了这条情报,你的两百块跑不了。不过我先得去兑现。"

他站起来,点点头,把那件破旧、窄小的爱尔兰花呢外套拉紧,裹住胸膛。"好说。反正天黑更好办事。干这活儿得时刻警惕——跟艾迪·马尔斯那样的家伙作对。但人总得有口饭吃。最近公司业绩很惨淡。估计大佬们已经放话让普斯·沃尔格林加把劲了。你跑一趟办事处吧,在圣莫尼卡西大道上的富尔怀德大厦,靠后的428室。到时带着钱,我领你去见艾格尼丝。"

"就不能由你来告诉我吗?我见过艾格尼丝。"

"我答应了她的。"他简短地说。他扣上大衣,乐呵呵地歪戴着帽子,又点了点头,朝门口溜达过去。他出去了。脚步声在走廊里渐渐消失。

我下楼去了银行,把那张五百块的支票存好,取了两百现金。我上楼回到办公室,坐在椅子上寻思着哈利·琼斯这个人和他的故事。好像有点太巧合了。里头更多的是小说那种质朴简明,而非事实中难免的千头万绪。如果莫娜·马尔斯离格里高利上尉的辖区那么近,他应该已经找到她了。我是说,假如他真的派人去找了的话。

那天的大部分时间,我都在思索这个问题。没人来我办公室。没人给我打电话。雨一直在下。

26

七点钟,大雨稍停了片刻,但排水沟依然淹得厉害。圣莫尼卡的积水已与人行道齐平,薄薄一层雨水冲刷着路缘顶部。一个从头到脚穿着闪亮橡胶雨具的交警从湿漉漉的遮篷里走出来,艰难地蹚水前进着。我转进富尔怀德大厦时,橡胶鞋跟在人行道上狠狠打了个滑。大厅深处只有一盏吊灯亮着,灯前是一部镀金早已褪色的电梯,门没关。破损的橡胶地毯上放着一只灰暗的痰盂,显然,吐痰的人常常脱靶。暗黄色的墙上挂着一只装假牙的盒子,跟纱窗门廊里的电路箱差不多。我抖掉帽子上的雨水,看了一眼假牙盒旁的大楼住户一览表。有名字的不少,没名字的也不少,很多空缺,也可能是许多住户想要匿名。无痛牙医诊所,提供不择手段的侦探的介绍所,挤在那里等死的衰败小公司,教你如何成为一名铁路职员、无线电技工或者电影剧本作家的函授学校——如果邮政检察员没有抢先一步截杀那些邮资不足的信的话。一座藏污纳垢的大楼。在这座楼里,陈年雪茄的气味怕是最干净的味道了。

电梯里,一个老头坐在一张摇摇欲坠的凳子上打瞌睡,身下垫的破软垫内衬都绽了开来。他张着嘴,青筋突起的太阳穴在暗弱的灯光下闪闪发亮。他穿着一件蓝色制服外套。

那衣服极不合身,他就像匹躲在马厩里的马。那条裤腿翻边磨损的灰裤子下面,是白色的棉袜和一双小山羊皮鞋,其中一只横搭在脚趾的老茧上。他可怜地睡在椅子上,等待客人到来。我轻轻走过他面前,在楼里那种偷偷摸摸的气氛撺掇之下,找到防火门拉了开来。防火楼梯有一个月没清扫了。乞丐睡在那儿吃在那儿,上面有残留的面包皮和油腻的报纸碎片、火柴棍,还有一只被掏空的仿皮钱包。涂得乱七八糟的阴暗墙角,丢着一只乳白色的橡胶避孕套,无人理睬。好一座大楼啊。

我走进四楼的楼道里,用力吸着气。这过道跟大厅并无不同:一样的脏痰盂和破地毯,一样的暗黄墙面,一样的一切,都能勾起你对萧条时期的回忆。我笔直向前,拐过墙角。"L. D. 沃尔格林——保险公司"的字样出现在一扇黑色的碎石花纹玻璃门上。而在第二扇黑色房门和第三扇后面亮着灯的门上,同样有这几个字。其中一扇黑色门上写着:入口。

那扇被照亮的门上,玻璃气窗开着。哈利·琼斯小鸟似的尖细嗓音传了出来:

"卡尼诺?……是的,我在什么地方见过你。没错。"

我呆住了。另一个声音来了。那人说话时带着粗重的嗡嗡声,像一堵墙后面有台转动的发电机。说道:"我想是这样。"那声音里隐隐透出一丝阴险。

椅子在油地毡上拖了一下，屋里传来脚步声，我头顶上的气窗嘎吱一声关闭了。一个人影在碎石玻璃门后面渐渐消失。

我回到那三扇写着"沃尔格林"的玻璃门中的第一扇。我小心地推了推门。锁着。门板在松弛的门框里动了动，显然这扇旧门装了许多年了，半风干的木材如今已然萎缩。我掏出钱包，把驾照上那片又厚又硬的赛璐珞罩子拆了下来。这是件逃过警方禁令的盗贼作案工具。我戴上手套，轻柔、怜惜地倚靠住门，将门把使劲推离门框。我把赛璐珞片插进那道大裂缝，摸索着弹簧的斜面。终于听到一声粗粝的"咔哒"，像一根小冰锥断了。我贴在门上，纹丝不动，像一条鱼懒懒地浮在水里。里面毫无动静。我转动把手，将门推入黑暗中。跟开门时一样，我小心翼翼地关上了身后的门。

出现在我面前的是一扇没有窗帘的长方形大窗户，外面的灯光照亮了它，一张书桌挡住了视线的一部分。一台带罩子的打字机在桌上慢慢现出轮廓，随后是通往隔壁的门上的金属把手。这扇门没锁。我潜入三间办公室中的第二间。雨突然接二连三打在紧闭的窗玻璃上。趁着雨声我穿过房间。通向亮着灯的那间办公室的房门开了一英寸，洒出一道弧度极陡的扇形光束。一切都很与我方便。我像只壁炉台上的猫一样走到门装有铰链的那一侧，把一只眼睛探到缝隙前,可除了木板夹角的那一点光亮,什么也没看到。

此时,那个低沉的声音兴高采烈道:"可不是嘛,如果一个人对全局了如指掌,他是可以屁股不挪窝,对别人挑三拣四。所以你去见过那个私家侦探了。得,那就是你的不是了。艾迪为此挺不高兴。那侦探告诉艾迪有辆灰色普利茅斯在跟踪他。瞧,艾迪当然想知道是谁,又有什么目的。"

哈利·琼斯满不在乎地笑了一声。"这管他什么事?"

"这样可对你没好处。"

"你知道我为什么去见那侦探。我告诉过你的。为了乔·布罗迪的女朋友。她想离开,可是山穷水尽了。她觉得从那侦探手里可以弄到点钱。我没钱。"

那嗡嗡响的声音柔缓地说:"凭什么给她钱?她又没啥利用价值,那些侦探是不肯拿出钱来的。"

"他可以筹钱。他认识的人有钱。"哈利·琼斯笑了——那短促的笑声透着无所畏惧。

"别跟我较劲,小个子。"那嗡嗡响的声音里带上了尖利刺耳的调子,仿佛汽车轴承里卷进了沙子。

"好吧,好吧。你知道布罗迪被杀了。就是那个神经兮兮的小子干的,但偏偏那天晚上马洛也在屋里。"

"早知道了,小个子。他把这些都向警察交代了。"

"是的——但还有你们不知道的。布罗迪试图兜售一张斯特恩伍德家小女儿的裸照。马洛提前发现了。正当他们在争吵时，那个小女儿竟然上门了——还带着把枪。她朝布罗迪开了一枪。子弹射偏了，打碎了窗户。只是那侦探没有把这个告诉警察。艾格尼丝也没有。她觉得不说的话，还有后路可退。"

"这跟艾迪会毫无关系吗？"

"你倒是说说这跟他有什么关系。"

"这个艾格尼丝跑哪儿去了？"

"没门儿。"

"告诉我，小个子。在这儿？还是在后面那间毛头小子们小赌小闹的小屋里？"

"她现在是我的女人了，卡尼诺。谁也不能叫我害自家女朋友吃苦头。"

接着他俩沉默了。我听着大雨抽打窗户。门缝里传来香烟味。我想咳嗽。我狠狠咬住手帕。

那个嗡嗡响的声音说话了，依旧挺温柔："就我所知，这个金发娘们儿不过是盖革的傀儡。交给我和艾迪接管吧。你问那侦探要了多少钱？"

"两百。"

"到手了？"

哈利·琼斯又笑了。"我明天跟他见面。我有信心。"

"艾格尼丝在哪里？"

"听着——"

"艾格尼丝在哪里?"

沉默。

"看这个,小个子。"

我没动。我没带枪。不用透过门缝看我也知道,那嗡嗡响的声音邀请哈利·琼斯看的是一把枪。不过我觉得卡尼诺先生就是秀一下他的枪罢了,不会有进一步的行动。我等待着。

"正看着呢。"哈利·琼斯勉强挤出这么一句来,仿佛他的声音难以越过牙齿。"没什么新鲜的货色。尽管开枪,看看你能有什么好处。"

"反正你是能得到一件芝加哥大衣①的,小个子。"

沉默。

"艾格尼丝在哪里?"

哈利·琼斯叹了口气。"好吧,"他疲倦地说,"她在邦克山法院街28号的公寓楼里。301房间。算我怕了你吧,我何苦要帮那贱女人做挡箭牌呢?"

"是不上算。你思路很清楚。我俩一起过去跟她谈谈。我只是想弄清楚她是否口风紧,没有出卖你。如果你说的都属实,那一切搞定。你可以敲那侦探一笔,爱怎样都行。不

---

① "芝加哥大衣"(a Chicago overcoat)在美国"禁酒时期"(1920—1933)是"棺材"的意思。

生气吧?"

"没有,"哈利·琼斯说,"不生气,卡尼诺。"

"好极了。喝点小酒吧。有杯子吗?"此时,那个嗡嗡响的声音虚假得如同戏院女引座员的睫毛,滑溜得就像一颗西瓜籽。一个抽屉打开了。有什么东西撞了一下木头。一张椅子吱嘎一响。地板上有鞋底的摩擦声。"这可是陈年货。"那个嗡嗡响的声音说道。

传来液体汩汩流动的声响。"就像女士们说的那样,祝你貂皮大衣多得长出蛾子来。"

哈利·琼斯柔声道:"马到成功。"

我听到刺耳的咳嗽声。接着是剧烈的干呕。地上嘭地响了一下,很闷,像一只厚玻璃杯掉了下去。我紧贴雨衣的手指弯曲了起来。

嗡嗡响的声音道:"不会一杯就醉了吧,伙计?"

哈利·琼斯没有回答。吃力的喘息声响了片刻。令人窒息的死寂笼罩下来。一张椅子发出刮擦地板的声响。

"再会咯,小个子。"卡尼诺先生说道。

脚步声紧接着"咔哒"一响,我脚边的楔形光束暗了,门开了又静静关上。那脚步声从容而坚定,渐渐消失了。

我稍稍后退,走到门框另一边,将门洞开,向满屋漆黑望去,只有一扇窗户带来暗弱的光亮。书桌一角微微闪着光。桌后的椅子上隐现出一个弓背的人形。闷热的空气里有股阻滞不畅的味道，几乎可算是香气了。我走到正对走廊的门口，听了听。听到远远传来电梯的铿锵声。

我找到电灯开关，点亮天花板上三根铜链吊着的碗形顶灯。哈利·琼斯在书桌对面看着我，他的眼睛睁得很大，他的脸僵住了，在紧紧抽搐，皮肤约略透着蓝色。他顶着黑发的脑袋歪向一侧。他靠在椅背上，坐得笔挺。

在简直是遥不可及的地方，一辆有轨电车"当当当"打着铃，待那铃声穿过无数墙壁，已然微弱依稀。一个半品脱的威士忌酒瓶立在桌上，盖子摘了。哈利·琼斯的酒杯靠在书桌的脚轮前闪闪发光。另一个杯子不见了。

我用肺尖浅浅吸了一口气，俯身去看那个酒瓶。波旁威士忌的焦味中隐隐透着另一种香气，苦杏仁味。哈利·琼斯垂死时呕在了外套上。说明他是氰化物中毒。

我小心翼翼地绕过他身边，拿起挂在木窗框钩子上的电话簿。我丢下簿子，把电话机拿到离死人尽量远的位置。我拨了问询处的电话。有人接了。

"能给我法院街28号301室的电话号码吗？"

"请稍等。"那声音随着苦杏仁的味道一起飘了过来。沉默过后："号码是温特沃斯2528。可以在格伦道尔公寓楼的通讯录里查到。"

我谢过听筒里的声音，拨了这个号码。铃响了三次，通了。电话那头有个收音机在闹腾，随后变轻了。一个雄浑的男声说道:"你好。"

"艾格尼丝在吗?"

"这里没什么艾格尼丝,老兄。你想打的是什么号码?"

"温特沃斯2528。"

"号儿没错,妞儿错了。很遗憾吧?"那声音咯咯笑着。

我挂了电话,重新拿起电话簿查找温特沃斯公寓楼。我拨了楼管的号码。我眼前隐隐浮现出这样的一幕:卡尼诺先生正在雨中风驰电掣,奔赴下一场死亡约会。

"格伦道尔公寓楼,我是希夫先生。"

"我是鉴证调查局的沃利斯。有没有一个叫艾格尼丝·罗泽尔的姑娘在你那儿登记?"

"你刚说你是谁?"

我又告诉了他一遍。

"如果你能告诉我你的号码,我——"

"别打哈哈了,"我厉声道,"我有急事。有还是没有?"

"不。没有。"那声音硬邦邦的,像根长棍面包。

"房客里有没有一个高个子、绿眼睛的金发妞儿?"

"嘿听着,这里又不是什么小旅馆——"

"噢,别啰嗦,别啰嗦!"我用警察的语气朝他大喝,"你是想让我派缉捕队来拆了你那地儿吗?全邦克山的公寓楼我一清二楚,先生。尤其是每个房间都装了电话的那些公寓。"

长眠不醒 | 197

"嗨，别急眼，警官。我会配合的。没错，这里是有几个金发妞儿。哪里没有呢？我没怎么注意她们的眼睛。你要找的那位是独自住吗？"

"独自，也可能还有一个矬子，大概五英尺三，一百十磅，机警的黑眼睛，穿双排扣的深灰色套装，爱尔兰花呢大衣，灰帽子。我查到她就住在301室，打电话过去却被人奚落了一顿。"

"噢，她不在那儿。301室住的是几个汽车销售。"

"谢谢，我会来一趟的。"

"动静别太大，好吗？直接来我这儿行吗？"

"非常感谢，希夫先生。"我挂了电话。

我擦掉脸上的汗。我走到办公室另一头的屋角，面墙而立，用手轻拍墙面。我慢慢转过身，看着矮小的哈利·琼斯在那边椅子上的丑相。

"哎呀，你骗了他，哈利。"我大声说着，嗓音连我自己都觉得怪异，"你对他撒了谎，然后像个绅士一样喝下了氰化物。你如一只中毒的老鼠般死去，哈利，但在我眼里，你可不是老鼠。"

我必须搜他的身。这活儿令人作呕。他口袋里没有关于艾格尼丝的信息，根本没有我需要的。原本我就并不觉得会有，但我得确定才行。卡尼诺先生有可能会回来。卡尼诺先生想必是那种自信满满的绅士，不会介意回到自己的犯罪现场。

我关上灯，正要开门，电话铃声突然刺耳地响起来。我听着铃声，下巴的肌肉都拧成了结，有点疼。我只好关上门，重新打开灯，走过去接起电话。

"喂？"

是个女人的声音。是她的声音。"哈利在吗？"

"一分钟前还在的，艾格尼丝。"

听到这里，她等待了片刻。随后她缓缓说道："你是哪位？"

"马洛，给你惹麻烦的那个家伙。"

"他人呢？"她很心急。

"他之前提供了某些消息，我来付两百块报酬。那价格依然算数。钱我带了。你在哪儿？"

"他没告诉你吗？"

"没有。"

"也许你还是问他比较好。他人呢？"

"我没法问他。你认识一个叫卡尼诺的人吗？"

电话那头的喘气声清晰得仿佛她就在我旁边。

"你想不想要那两百块？"我问道。

"我——我非常想要那笔钱，先生。"

"那么好的。告诉我应该带到哪里。"

"我——我——"她的声音越来越低，又突然惊恐地嚷道,"哈利在哪里?"

"吓坏了,落跑了。找个地方见我——随便哪里——钱我带着呢。"

"我不相信你——关于哈利的那些话。这是个圈套。"

"噢,放屁。我要是想让哈利蹲班房早就干了。来给你设圈套没有意义啊。卡尼诺不知道从哪儿知道了哈利的情况,哈利就吓跑了。你不想声张,我也不想声张,哈利更不想声张。"哈利已经没法声张了。没人能再让他说出半个字来。"你总不会觉得我是艾迪·马尔斯的跟班吧?"

"不,不。应该不是。我半个小时后见你。到布罗克斯威尔希尔①旁边,停车场东入口。"

"好的。"我说。

我把听筒放回基座。杏仁味的气浪再次涌了过来,接着是呕吐物的酸臭。那个矮小的死人静静坐在椅子上,不会再恐惧,不会再变化。

我离开了办公室。昏暗的走廊里没有丝毫动静。那几扇碎石花纹玻璃门后面都没有灯光。我沿着防火楼梯下到二楼,低头看了看亮着灯的电梯轿厢顶。我按下电钮。轿厢摇晃着慢慢动了起来。我继续往楼下走。待我走出大楼的时候,轿厢已经在我头顶上了。

---

① Bullocks Wilshire:洛杉矶著名百货公司。

雨势又大了起来。我走进雨中，沉沉的雨滴拍打着我的脸。直到一滴雨落在我的舌头上，我才知道我的嘴张开着，而此时嘴巴侧面的疼痛让我意识到，我的嘴不仅张得很开，还向后紧紧咧着，模仿着哈利·琼斯死去时那深深印刻在脸上的狰狞怪相。

27

"把钱给我。"

她的声音盖过了那辆灰色普利茅斯颤动的发动机声，雨滴则不断拍打着车前盖。布罗克斯威尔希尔淡绿色塔楼顶上的紫色灯光又高又远，安详而孤僻地耸立在这座黑暗、湿淋淋的城市之外。她伸出戴黑手套的手，我把钞票放了上去。她低头借着仪表盘暗弱的灯光点了点钱。提包咔哒打开，又咔哒关上了。她虚弱地呼出一口气，那气息刚到嘴边就消散了。她朝我身边靠了靠。

"我走了，警探。我要上路了。有了这笔钱我就能远走高飞，老天啊，来得真是及时。哈利怎么了？"

"跟你说他逃走了。卡尼诺不知怎的知道了他的行踪。别管哈利了。钱付了，该告诉我情报了。"

"会告诉你的。上上个礼拜天，我和乔在山麓大街上开车。当时不早了，路灯都亮了，像往常一样，到处都是车。

我们驶过一辆小轿车,我看到是个姑娘在驾驶。旁边有个男的,深色头发,挺矮。那是个金发姑娘。我见过她。她是艾迪·马尔斯的老婆。那男的是卡尼诺。这两人,只要你见过,保管哪个都忘不了。乔开在前面跟踪起那辆车来。干那个他很拿手。卡尼诺那条看门狗是带她出门兜风来了。朝里阿利特东边开了一英里左右,路拐向了丘陵地带。往南是橘子林,可往北却啥也没有,荒凉得像地狱的后院儿,有座生产杀虫剂的氰化物工厂傍山而建。一下公路就能看到一间小小的修车和喷漆的店铺,老板名叫阿尔特·哈克。很可能是窝藏赃车的地方。稍远点是一幢木板房,房子再过去就只见丘陵山地、裸露的石头地表和绵延几英里的化工厂了。那就是她的藏身之处。他们打了个弯驶下公路,乔调转车头返回,发现他们拐入的正是那幢木板房所在的地方。我俩在那边坐了半个小时,看着一辆又一辆开过的车。没人走出来。眼看天色很黑了,乔只好偷偷溜过去看了一眼。他说屋里亮着灯,还开着收音机,门前就停了一辆车,就是那辆小轿车。于是我们就撤了。"

她的话告一段落,我听着威尔希尔大街上"刷刷刷"的车胎摩擦声。我说:"没准他们已经换地方了,不过你能提供的也就是这些了——多的应该没有了。想必你是认识她的,对吧?"

"要是你见过她,第二次见面时准不会认错。再见,警探，祝我好运吧。我近来遭了不少罪。"

"可不是么。"说完，我走到马路对面上了自己的车。

那辆灰色普利茅斯向前驶去，加速猛冲转过街角，开上日落大道。引擎声渐渐远去，随之一同远去的还有金发女郎艾格尼丝，从此，她的名字不再与我有任何关系。死了三个男人，盖革、布罗迪和哈利·琼斯，如今，这个女人在雨中驾车飞驰，包里装了两百块钱，谁也不知道她的行踪。我发动汽车，开去市中心吃饭。在雨中行驶四十英里是段长路，而且我还希望把车开回来呢。

我往北过了桥，开进帕萨迪纳，等穿过帕萨迪纳，我几乎是立刻身处橘子林中了。雨滴翻着跟头，在车前灯上溅起有力的白色水花。雨刮器来不及刷干净玻璃，视线始终很模糊。可即便是这淋漓湿透的黑暗也无法遮挡那些橘子树的完美线条，它们沿着道路滚滚而去，仿佛无穷无尽的轮辐戳进夜空。

往来车辆发出撕心裂肺的嘶嘶声，溅起污秽的泥浆水。汽车颠簸着经过一个小镇，四处尽是屠宰场和牲口棚，铁道的岔线穿梭其间。果林渐渐稀疏，越往南橘树越少，路面徐徐上升，气温转冷，北边，蜷伏的黑色丘陵离得更近了，凛冽的寒风从山麓两侧猛扫下来。过了一会儿，黑暗里依稀出现黄色的亮光，原来是两盏蒸汽灯高悬在半空，中间有块霓虹标牌："欢迎来到里阿利特。"

那些木板房和一条宽阔的主干道远远相隔,接着突然出现了一堆店铺,透过起雾的车玻璃,我看到一爿杂货店亮着几盏灯。电影院门口的车停得跟一窝苍蝇似的,街角有家黑魆魆的银行,装了一台时钟突在人行道上方,人群站在雨里看着窗户,好像里面在演戏一样。我继续赶路。旷野再次包围了我。

命运主导了整台戏。出了里阿利特,刚过大约一英里,开进一个弯道时我上了大雨的当,跟路肩靠得太近了。伴随着一声尖利的狂啸,我的右前胎爆了。我还没来得及刹车,右后胎也爆了。车在我的紧急制动下停了,一半在人行道上,一半在路肩上,我钻了出来,打开手电照了照。两个轮胎瘪了,可备胎只有一个。赫然出现在前胎上的,是一只大号镀锌图钉扁平的屁股。

图钉在人行道上扔了一地。有人把它们往边上扫了,但扫得还不够远。

我"啪嗒"关上手电,站在那儿,吸进呼出的尽是雨水,一边看着一条旁路深处的黄色灯光。那灯光似乎是从天窗里透出来的。那天窗或许是一间修车厂屋顶上的,那修车厂的老板或许名叫阿尔特·哈克,厂的隔壁或许是幢木板房。我一缩脖子,把下巴塞进衣领,朝那亮光走去,接着又回到车上从挡杆上解下证件夹,放进口袋。我屈了屈身,探进方向盘下面。在一块特意加重的活板后面,当我坐在驾驶座上时正好在右腿下方的位置，有一个暗箱。里面放着两把枪。一把是艾迪·马尔斯的跟班莱尼的，另一把是我的。我拿了莱尼那把。它应该比我那把更有实战经验。我把它枪口朝下塞进内袋里，踏上那条旁路。

那间修车厂离公路大约一百码。正对公路的是一堵空白的侧墙。我用手电光飞快地一扫。"阿尔特·哈克——汽车修理和上漆。"我不禁暗笑，可这时眼前浮现起哈利·琼斯的脸，我笑不出来了。修车厂的门关着，但底下隐隐有一道光晕，两半门的中缝里也有一线亮光。我继续走过去。果然有幢木板房，正面的两扇窗户里有灯光，遮着窗帘。那房子离公路很远，建在一片稀疏的树丛后面。门前的砾石车道上停着一辆车。车黑黢黢的，看不太清楚，但那或许是辆棕色的小轿车，属于卡尼诺先生。它蛰伏于此，平静地停在狭长的木头门廊前面。

他会让她偶尔开着这辆车出去兜兜风，他坐在旁边，也许手边还准备了枪。就是那个女人，拉斯蒂·里根本该迎娶她，艾迪·马尔斯留不住她，她却偏偏没有同里根私奔。好一个卡尼诺先生。

我费劲地走回修车厂前，用手电筒的柄砸门。回应我的是片刻垂幕般的寂静，却沉重有如雷声。屋里的灯灭了。我咧嘴笑着站在那儿，舔去唇上的雨水。我"吧嗒"打开手电，照在两扇门的正中央。我呲牙咧嘴朝那个白色光圈笑着。我要找的就是这地方。

一个声音透过门开口了。那是个粗鲁的声音:"你想干吗?"

"开门。我的车在后面的公路上,两个轮胎瘪了,备胎却只有一个。我需要帮忙。"

"抱歉,先生。我们打烊了。往西一英里是里阿利特。可以去那边试试。"

这话我可不爱听。我狠狠踹起门来。我不停踹门。另一个声音传出来了,是个嗡嗡响的声音,像一堵墙后面有台转动的小发电机。我喜欢这声音。那声音说道:"来了个狠角色,啊?开门,阿尔特。"

门闩吱嘎一响,半扇门向你打开了。我的手电短暂地照亮了一张瘦削的脸。接着有个什么亮闪闪的东西扫了下来,打落了我手里的电筒。一把枪指着我。我朝着潮湿地面上的手电筒蹲下去,把它捡起来。

那个粗鲁的声音说道:"把手电灭了,哥们儿。人就是这样才挨揍的。"

我关掉手电,直起身来。修车厂里灯亮了,现出一个身穿工作服的高个男人的轮廓。他从打开的门里退后两步,枪还是指着我。

"进来吧,关好门,陌生人。看看我们能做点什么。"

我踏进屋,关上身后的门。我看了一眼那个瘦削的男人,但没看另外那个站在工作台前沉默的模糊身影。这间修车厂里弥漫着火棉涂料的味道,香甜而凶险。

"你没脑子吗?"那个瘦子责怪我道,"今天中午里阿利特有人抢了银行。"

"不好意思,"我说道,想起那群在雨里盯着银行看的人,"我可没抢。我是外地人。"

"嗯,出事儿了,"他阴郁地说,"有人说是一群乳臭未干的小阿飞干的,他们走投无路,只好躲进了山里。"

"这样的夜晚很适合躲藏,"我说,"估计图钉就是他们扔的。我的车扎到了几个。正好来照顾下你的生意。"

"你大概还没挨过别人的耳刮子吧?"那瘦子很不客气地问道。

"反正没有被你这种瘦巴巴的人揍过。"

那边重重阴影里的人用嗡嗡响的声音说道:"别恶狠狠吓唬人了,阿尔特。这家伙遇到了麻烦。你干的不就是修车这一行吗?"

"谢谢。"我说。即便是此时我也没有看他。

"好吧,好吧。"那穿工作服的男人咕哝道。他把枪塞进身上一只带翻盖的口袋,咬住指关节,闷闷不乐地抬眼盯着我。火棉涂料的气味乙醚般令人直犯恶心。那一头的角落里,吊灯下停着一辆崭新的大轿车,挡泥板上搁着一把漆枪。

长眠不醒 | 207

这时我才看了一眼那个工作台边的人。他个子不高，身板厚实，肩膀健壮。他有着冷峻的脸和冷峻的深色眼睛。他穿一件系腰带的棕色仿麂皮雨衣，沾满了雨滴。一顶棕色帽子，潇洒地歪戴着。他背靠工作台，打量我的时候不紧不慢，神情漠然，仿佛看的是一块冷餐肉。也许人们在他眼里就是这么回事。

他上下翻动着那双深色眼珠，随后一根一根扫视起指甲，又把手指举到灯下，仔细端详起来，就像好莱坞大片教人们做的那样。他抽着烟开口了：

"瘪了俩轮胎，啊？棘手。还以为他们把图钉扫干净了呢。"

"我在弯道有点打滑。"

"你说你是外地人？"

"旅行正好经过。在去洛杉矶的路上。还有多远？"

"四十英里。这种天，显得路更长了。打哪儿来，外地人？"

"圣罗莎。"

"过来很远，啊？是塔霍湖和朗派恩那边吗？"

"不是塔霍湖。里诺和卡尔森市那一带。"

"还是很远啊。"他嘴角一弯，笑容一闪而过。

"路远也犯法吗？"我问他。

"啥？不，当然不犯法。你大概觉得我们喜欢问长问短。

就是让那边的抢劫案给闹的。拿上千斤顶,把他的瘪轮胎拆过来,阿尔特。"

"我忙着呢,"那瘦子大吼,"我有活要干。还得给车喷漆啊。你也应该看到了,还下着雨呢。"

棕色衣服的男人和气地说:"天太潮湿了,喷不好的,阿尔特。动身吧。"

我说:"是右侧的前胎和后胎。你要是忙,其中一个换备胎就行了。"

"拿上两个千斤顶,阿尔特。"棕色衣服的男人道。

"哎,我说——"阿尔特咆哮起来。

棕色衣服的男人眼珠子一动,温和平静地注视着他,随后近乎羞涩地垂下了眼睛。他没说话。阿尔特像受到了一阵劲风吹拂一般,剧烈摇晃起来。他大步走到屋角,在工作服外面套上一件橡胶雨衣,戴上雨帽。他抓起一把套筒扳手和一个小千斤顶,又推着一台千斤顶朝门口走去。

他悄然走了出去,门都没关好。大雨倾泻进来。棕色衣服的男人信步走过去关上门,又信步走回工作台前,落座的位置跟起身前完全一样。此时我本可以拿下他。只剩下我俩。他不知道我是谁。他满不在乎地瞥了我一眼,把香烟头扔在水泥地上,看也不看就踩了下去。

"我想你应该喝一杯,"他说,"把身体里面也弄湿,就扯平啦。"他从身后的工作台里拿出一瓶酒,搁在台子边缘,

长眠不醒 | 209

又在酒瓶旁边放了两个玻璃杯。他给两个杯子分别倒上一点烈酒，把一杯递过来。

我像个傀儡般走过去，接下酒杯。我的脸上还能真切感受到雨水的冰凉。修车厂里的空气本就闷热，加上滚烫涂料的味道，益发令人昏昏沉沉。

"那个阿尔特，"棕色衣服的男人说，"跟所有机修工一样。老是在忙上个礼拜就该做完的活儿。开车去办事？"

我细心嗅了嗅那杯酒。味道是对的。看他先喝了一点我才动杯子。我翻卷着舌头辨别滋味。酒里没有氰化物。我喝完了那一小杯酒，把杯子放到他旁边，走了开去。

"不完全是。"我说。我走到那辆挡泥板上放着一把大型金属漆枪、漆才上了一半的轿车前。雨点重重拍打着平坦的屋顶。阿尔特冒雨一边走，一边咒骂。

棕色衣服的男人看了一眼大轿车。"其实面板上喷一下就行了，"他漫不经心道，喝过酒，他那嗡嗡的嗓音显得更加温柔，"但车主有钱，他的司机想赚一笔。这种行当你懂的。"

我说："比这种行当还古老的我只见过一种。"我感到嘴唇很干。我不想说话。我点了一根烟。我希望轮胎快点修好。一分钟一分钟紧张地挨过去。棕色衣服的男人和我，这两个萍水相逢的陌生人，抬眼望着对方；我俩之间，是那被害身亡的小个子哈利·琼斯。只是棕色衣服的男人还不知道这一点。

屋外传来吱嘎吱嘎的脚步声，门被推开了。灯光打亮了连绵不断的雨滴，将它们映照成了银色的千丝万缕。阿尔特闷闷不乐地把两个沾满泥浆的瘪胎滚进屋，踹上门，放手让一个轮胎翻倒在地。他凶恶地看着我。

"你可真会给千斤顶选地方。"他吼道。

棕色衣服的男人笑了，从口袋里掏出一卷叠在一起的镍币，在手掌心里轻轻抛着。

"别怨气那么大，"他冷冷道，"补胎吧。"

"我这不是在补吗？"

"行了，别补个胎还啰里八嗦一大堆。"

"唷！"阿尔特脱掉橡胶雨衣，摘掉雨帽，扔向一旁。他把一只轮胎举到支架上，恶狠狠地卸掉辋圈。他拆下内胎，迅速补好。他还是闷闷不乐的，大步走到我身旁的墙前，抓起一根软管给内胎充入足量空气，看胎形恢复了，他扯开管子，任由管嘴甩在粉刷过的墙壁上。

我站在那儿，看着那卷镍币在卡尼诺的手里上下起舞。蓄势待发的紧张时刻已经过去，我放松了警惕。我转过头，看着身旁那个瘦削的机修工抬起鼓胀的内胎，撑开双臂，一只手握着一边。他烦躁地端详着内胎，瞥了一眼屋角那个镀锌大桶里的脏水，咕哝了两句。

他俩配合得一定非常出色。我没看到暗号，没看到意味

长眠不醒 | 211

深长的眼色，也没看到疑似带有特殊含义的手势。那瘦子把鼓胀的内胎高高举起，注视着。他转过半个身子，快速向前跨了一大步，猛地把内胎套过我的头和肩膀——套环正中目标。

他跃到我身后，重重压在橡胶内胎上。他用全身的重量绷住我的胸腔，把我的上臂夹紧在身侧。我的手还能动，却没法够到口袋里的枪。

棕色衣服的男人几乎是跳着穿过房间向我走来的。他握紧了手里那卷镍币。他悄然无声来到我面前，也没有表情。我俯身前倾，试图抱起阿尔特。

这时，握着那卷沉甸甸的镍币的拳头穿过了我摊开的手掌，仿佛一块石头穿透一团灰尘。只见灯光乱晃，眼前的世界虽然没有消失，却模糊不清起来，刹那间我吓呆了。他又打了我一下。我脑袋里没了知觉。那道白光更明亮了。除了极度刺眼的白光，什么都不见了。接着是一片黑暗，黑暗里有个红色的东西像条显微镜下的细菌般在蠕动。随后明亮的或蠕动的东西都没了，只剩下黑暗，空无，一股劲风，还有仿若大树纷纷倒地的声响。

28

我眼前好像有个女人，离她不远的地方是盏台灯，她就坐在明亮的灯光里。另一盏灯结结实实打在我脸上,我只好重新闭上眼睛,透过睫毛勉强看她。她被照成了白金色,连她的头发都闪亮得像只银果盆。她穿一件针织连衣裙,宽大的白衣领翻了下来。她的脚边放着一只尖边角、光滑材质的提包。她在抽烟,肘边搁着一大杯浅琥珀色饮料。

我小心地动了动脑袋。疼是疼,但并不比我预期的严重。我被绑得像只行将推入烤箱的火鸡。一副手铐反铐住我的手腕,一根绳子从我背后连出来捆住我的脚踝,一路延伸到我身下的长沙发尽头。随后绳子掉了下去,看不见了。我挪了挪身子,直到确定绳子已经扎紧,才不动了。

我停下了这些偷偷摸摸的小动作,重新睁开眼睛,说:"你好。"

那女人收回了凝视着远处某座山峰的视线。她小巧、坚定的下巴慢慢转过来。她的眼睛是山间湖水的蓝色。头顶上方,雨声还是不断噼啪作响,却又略显遥远,仿佛这是场别人遭逢的大雨。

"你感觉怎么样?"她的声音柔滑,如银铃般悦耳,跟她的头发一样美。那嗓音透着一丝清脆,就像玩偶小屋里铃铛的丁当声。这个念头一出现,我就觉得傻透了。

"很好,"我说,"有人在我的下巴上建了个加油站。"

"那你希望是什么呢,马洛先生——一束兰花?"

"一口简单的松木棺材就可以了。"我说,"把手是铜的是银的无所谓。也别把我的骨灰撒进湛蓝的太平洋。我更喜欢蚯蚓。你知道蚯蚓是雌雄同体,任何一条蚯蚓都能爱上另一条吗?"

"你有点神志不清了。"说着她严肃地盯了我一眼。

"介意把这灯给挪开吗?"

她起身走到长沙发后面。灯灭了。此时的黑暗堪称福祉。

"我倒不认为你有那么危险。"她说。她非但不矮,而且挺高的,但不是那种豆秆身材。她虽苗条,却并不干瘦。她坐回了椅子上。

"这么说你知道我的名字。"

"你睡得很沉。他们有充足的时间搜你的口袋。就差给你加防腐剂了。原来你是个侦探。"

"他们对我的了解仅限于此?"

她沉默了。烟雾从香烟上朦朦胧胧飘出来。她向半空中一挥手,驱散烟雾。她的手纤小而有致,跟如今常见的那种瘦骨嶙峋、如耕地工具般的女性手掌很不一样。

"现在几点了?"我问。

透过袅袅的烟雾,借着昏黄台灯光芒的边际,她斜眼看了看手腕。"十点十七分。你有约?"

"不出意外是有约的。这屋子是阿尔特·哈克的修车厂隔壁那间吗?"

"是的。"

"他俩在干吗——挖坟墓?"

"他们得去别处办事。"

"你是说他们留你一人在这儿?"

她又缓缓转过头来。她笑了:"你看上去并不危险。"

"你大概是他们的囚犯吧。"

她听了这话好像并不吃惊。甚至有点觉得好笑。"你为什么这么觉得?"

"我知道你是谁。"

她碧蓝的眼睛敏锐地一闪,我几乎能看到那一瞥如挥剑般一扫而过。她嘴角的肌肉绷紧了。但声音却没有变化。

"那恐怕你的处境就很麻烦了。我讨厌杀人。"

"你是艾迪·马尔斯的太太吧?真丢人!"

她听了很不高兴。她怒视着我。我咧嘴一笑。"那杯你不太稀罕的酒分我一点行吗?除非你能打开这副手铐,不过我建议你还是别那么做。"

她把杯子拿了过来。酒里腾起泡沫,犹如虚幻的希望。她朝我俯下身来。她的气息柔和得好比小鹿的眼眸。我大口喝下酒。她从我嘴边拿开酒杯,看着几滴酒流下我的脖子。

她又一次俯下身来。热血开始在我周身涌动,我仿佛成了个参观新居的未来房客。

"你的脸就像块蛋奶烘饼。"

"能看就多看两眼吧。这副样子也保不住多久了。"

她迅速一转头,听着什么动静。有一刻,她的脸变苍白了。只不过是雨水滴到墙上的声音。她回到房间另一头,侧身朝我站着,微微屈身向前,低头看着地面。

"你干吗要来这儿多管闲事呢?"她静静问道,"艾迪又没得罪你。你完全清楚,要不是我躲在这儿,警察早认定是艾迪杀了拉斯蒂·里根了。"

"就是他杀的。"

她没动,姿势没有丝毫变化。她的呼吸有点急促,带着刺耳的声响。我环顾了一下房间。有两扇门,在同一面墙上,一扇半开着。红棕相间的方格地毯,蓝色窗帘挂在窗前,墙纸上印着翠绿的松树图案。家具像是在巴士座椅上打广告的那种店里买来的。漂亮,却将人拒之千里。

她柔声道:"艾迪根本没有对他怎样。我好几个月没有见到拉斯蒂了。艾迪不是那种人。"

"你不跟他过了。你一个人住。之前你住的地方的人认出了里根的照片。"

"撒谎。"她冷冷道。

我努力回想格里高利上尉有没有说过这个。可我脑袋一团浆糊。无法确定。

"而且跟你无关。"她补充道。

"整件事都跟我有关。我是受雇来查案子的。"

"艾迪不是那种人。"

"噢,原来你喜欢开赌场的。"

"只要有人赌博,就会有赌场。"

"这不过是保护性思维。犯了一次法,你就打算一条道走到黑了。你认为他只是开开赌场。我却认为他还是淫秽作品书商、诈骗犯、赃车掮客、远程控制杀人犯和收买警察的坏蛋。什么看上去对他有利,什么有钱可赚,他就干什么。别说什么灵魂高尚的黑帮老大之类,我不吃这一套。他们不可能是那样的。"

"他不是杀人犯。"她的鼻孔仿佛在冒火。

"他不会亲自动手。他有卡尼诺。卡尼诺今晚刚杀了个人,一个想帮别人逃走的无辜的矮子。"

她疲倦地笑了。

"好吧,"我怒喝道,"不信拉倒。要是艾迪真是这么个好人,我倒想跟他单独谈谈——卡尼诺不能在场。你知道卡尼诺会干些什么——打掉我的牙齿,然后因为我咕哝了两声就飞踹我的肚子。"

她收回前倾的脑袋,深沉而内敛地站在那儿,想理出个头绪。

"我觉得白金色的头发已经过时了。"我继续见缝插针,只是为了不让房间里静下来,只是为了避免去听。

"是假发,傻子。我头发还没长好。"她伸手扯掉了假发。她自己的头发剪短了，成了个假小子。她又戴好假发。

"谁把你弄成这样的？"

她一脸惊讶。"我自己啊。干吗？"

"没错。干吗要这样？"

"干吗？为了告诉艾迪，他想让我做什么我都愿意——比如躲起来。那样他就不必派人保护我了。我不会让他失望的。我爱他。"

"天哪！"我叹息道，"那你还让我在这儿跟你同处一室。"

她翻过一只手掌，盯着看。突然，她走出了房间。回来时她拿着一把菜刀。她俯身割起绑我的绳子来。

"开手铐的钥匙在卡尼诺那儿，"她喘着气说，"那个我就没什么办法了。"

她退后两步，急促地呼吸着。她割开了绳子的每一个结。

"你这人真有意思，"她说，"都到这一步了，还一点正经没有。"

"我本以为艾迪不是杀人犯。"

她很快转过身去，回到台灯边的椅子前坐下，头埋进手里。我一摆腿，下地站起来。我腿麻了，路都走不稳。我左半边脸上神经的每根经脉都在跳动。我迈了一步。我还能走路。必要时，也能跑。

"我猜你是要放我走。"我说。

她头也不抬地点点头。

"你最好跟我一起走——要是你还想活命的话。"

"别浪费时间了。他随时会回来。"

"给我点根烟。"

我站在她身旁,碰了碰她的膝盖。她猛地一颤,站了起来。我俩的眼睛相距不过几英寸。

"你好,银发套姑娘。"

她往后一退,绕过椅子,从桌上飞快地拿了一包香烟。她手指戳进那包烟,拈出一根,野蛮地塞进我嘴里。她的手在抖。她啪地抓起一个小巧的绿色皮质打火机,举到香烟前。我吸了一口,凝视着她如湖水般湛蓝的眼睛。趁她还近在身旁,我说道:

"是一个名叫哈利·琼斯的小矮子引我来见你的。这小矮子常常出入鸡尾酒酒吧,收几笔赌注,赚点小钱。他也打探别的情报。有次这小矮子听到了一条关于卡尼诺的消息。靠着某种办法,他和他朋友知道了你在哪里。他跑来向我兜售这情报,因为他知道——至于他是怎么知道的就说来话长了——我在为斯特恩伍德将军做事。情报到了我手里,可那小矮子落到了卡尼诺手里。他现在已经是只死鸟了[1],羽毛

---

[1] "bird"(鸟)在口语里也有"人"的意思。

长眠不醒 | 219

竖起，脖子耷拉，嘴上粘着一滴血。卡尼诺杀了他。可艾迪·马尔斯不会那么干的，对吧，银发套姑娘？他从来不杀人。只会雇别人代劳。"

"出去，"她厉声道，"赶紧出去！"

她的手悬在半空，紧抓着那只绿色的打火机。手指绷得很紧。关节苍白如雪。

"但卡尼诺不知道我知道他同小矮子之间的事，"我说，"他只知道我在四处探查。"

这时她笑了。那简直是震天动地的笑。她笑得前俯后仰，仿佛一棵树遭到劲风吹拂。我听出那笑声里透着困惑，不尽是惊讶，但正如将一个全新的想法加进熟知的事物中，总有抵牾。随后我觉得我把一阵笑声想得太复杂了。

"非常奇怪，"她上气不接下气地说，"非常奇怪，因为你知道——我还是爱着他。女人——"她又开始狂笑了。

我专注地听着，脑袋里咚咚作响。但其实只有雨在下个不停。"走吧，"我说，"快！"

她后退了两步，脸色严峻起来。"你给我出去！出去！你可以走去里阿利特。你能办到的——你可以闭上嘴巴——至少闭上一两个钟头。就算是报答我吧。"

"走吧，"我说，"有枪吗，银发套姑娘？"

"你知道我是不会走的。你知道的。求求你赶紧离开吧。"

我迈步往前靠近她,几乎要压在她身上。"放了我,你还准备待在这儿不走?等那个杀人犯回来跟他说很抱歉?他杀起人来就像拍死只苍蝇。当然不行。你得跟我走,银发套姑娘。"

"不。"

"假设,"我空洞无力地说,"你那帅气的丈夫真的杀了里根呢?或者假设是卡尼诺干的,而艾迪并不知情。就当是假设。放了我之后,你还能活多久?"

"我不怕卡尼诺。我总归是他的老板娘。"

"艾迪是一碗玉米粥,"我咆哮道,"卡尼诺可以用个勺子一点点吃光他。他对付艾迪就像猫儿去抓一只金丝雀。一碗玉米粥罢了。像你这样的姑娘爱上谁都行,就是不该爱上一碗玉米粥啊。"

"出去!"她几乎朝我啐了一口。

"好吧。"我转身背对着她,穿过那扇半开的门走进一条漆黑的过道。这时她追了上来,挤到我身前打开了大门。她朝门外下着雨的黑夜里仔细张望,听着动静。她挥手让我向前。

"再见。"她喘着气说,"希望一切都合你心意。除了一件事。艾迪没有杀拉斯蒂·里根。等他想露面的时候,你会在某个地方发现他活得好好的。"

我靠紧她,用身体把她压在墙壁上。我伸嘴贴住她的脸。我就这样对她说起话来。

"不用着急。这一切都经过预先的安排、细致的排练和精确的计算。就像一档电台节目。根本不用着急。吻我,银发套姑娘。"

她的脸被我的嘴巴贴着,冷若冰霜。她抬起手,抓住我的头,狠狠地亲了我的嘴唇。她的唇同样冷若冰霜。

我走到门外。悄无声息,门在我身后关上了。吹拂进门廊的雨点也没有她的嘴唇冷。

29

隔壁的修车厂里漆黑一片。我穿过砾石车道和一片湿漉漉的草坪。路面上流着一道道细水,汩汩地淌进道路另一边的壕沟里。帽子不见了。肯定掉在修车厂了。卡尼诺懒得把帽子还给我。他没想到我还会用得着。我想象着他兴高采烈在雨中驾车独自归来的样子——消瘦、阴郁的阿尔特,很可能还有那辆偷来的车都被他留在了安全的地方。她爱着艾迪·马尔斯,为了保护他而躲了起来。所以,等他回来时会发现她在屋里,身旁是台灯和没有喝过的酒,而我被绑在长沙发上。他会把她的细软搬上车,仔细检查一番屋子,确保没有落下任何罪证。他会叫她出去等。她不会听到枪响。近距离作战,用一根包革铁棒照样管用。他会跟她说,就让我绑着，过会儿我会自己挣脱的。他以为她是傻子。好一个卡尼诺先生。

雨衣的前襟开着，可我手被铐住了，没法扣扣子。衣服的下摆拍打着我的大腿，像一只疲倦的大鸟的翅膀。我来到了公路上。积水映着车头灯光，汇成一个巨大的涡旋，迎送往来车辆。车胎轧过地面的刺耳声响转瞬即逝。我的车停在原地，两个轮胎都修复并且装好了，有必要的话，随时可以开走。他们什么都想到了。我上了车，侧身弯腰钻进方向盘下面，摸索着掀开暗箱的皮盖子。我找到了另外那把枪，手在雨衣下面拿着它，开始往回走。整个世界渺小、封闭、黑暗。这世界里只剩下卡尼诺和我。

走到半路，两道车头灯光差点照到我。灯光很快移开了路面，我滑下陡坡，扑通一声跌进了湿漉漉的壕沟里，吃了好几口脏水。那辆车轰鸣着驶过，并未减速。我抬起头，听到车胎离开路边转上那条砾石车道时发出的刮擦声。马达歇了，车灯熄了，车门砰地关上了。我没听到房门关上的声音，但树丛间流泻出了一束束纤细的光亮，像是窗前拉开了帘子，或者过道里点上了灯。

我回到湿润的草地，踩着水走了过去。车隔在我和房子之间，枪在我身侧，恰好是我右手绕过来可以够到最远的位置，再用力一点我的左手就要被扯断了。车里黑漆漆、空荡荡，很暖和。雨水在散热器上汩汩淌着。我站在车门前朝里面眯眼看了看。钥匙插在仪表盘上。卡尼诺相当自信。我绕到车身另一边,轻手轻脚地闯过砾石道,走到窗前细听。听不到任何人说话,只有雨滴打在排水沟底部的金属弯道上发出的急促的当当声。

我继续听着。没有响亮的说话声,一切都安宁而娴静。他应该正"嗡嗡"对她说话,她则告诉他,她把我放走了,我保证过不会再来追查。他不会相信我的话,正如我不会相信他的话。所以他不会在那儿待上太久。他会带着她上路。我只需等他出来就行了。

可我等不及了。我把枪换到左手,俯身抄起一把石子,朝纱窗上扔过去。这一下扔得绵软无力。只有几粒碰到了纱窗上方的玻璃,但那零星细琐的撞击声已然犹如大坝决堤。

我奔回车那边,迈上车后的踏板。这时屋里的灯已经熄了。成功了。我静静蹲伏在踏板上,等待着。还是不行。卡尼诺太狡猾了。

我直起身子,倒退着钻进车里,四下摸索着转动了车钥匙。我伸脚去够,可启动开关肯定是在仪表盘上。我终于找到了开关,一拉,车发动了。尚有余温的引擎起动了。它轻轻地,心满意足地隆隆响起来。我回到车外,蹲在后轮旁边。

我浑身发抖,但我知道这最后一招定会激怒卡尼诺。他非常需要这辆车。一扇漆黑的窗户一英寸一英寸拉下来,若非玻璃上的些许光线变化，我都不知道窗在动。突然窗里碰出火星，呼啸着传来三声前后相连的急促枪响。车玻璃裂开了花。我痛苦地尖叫起来。接着尖叫转为哀嚎。哀嚎过后是液体流淌的汩汩声，涌动的鲜血令我窒息。演得很逼真。我相当满意。卡尼诺也相当满意。我听到他在笑。他的笑响亮而震撼，一点不像他说话时的瓮声瓮气。

接着是短暂的沉寂，只剩下雨声和轻轻响着的引擎。随后屋门悄然打开了，黑夜里就此多了一块更黑的区域。一个人影警惕地出现在门洞里，脖子里绕着一圈白的东西。是她的领子。她僵着身子走到门廊里，像一个木头人。我瞥见了她银色假发上的惨白亮光。卡尼诺有条不紊地在她身后半蹲着前行。煞有介事得简直好笑。

她走下台阶。现在我能看到她苍白僵硬的脸庞了。她朝车子走来。他拿她当防御壁垒，生怕我还能朝他眼睛上吐唾沫。她的声音透过潺潺的雨声，语气极其平板地缓缓说道："我什么也看不见，拉什。车窗上都是雾气。"

他咕哝了两声，那姑娘的身体猝然一动，像是他用枪猛推了一下她的后背。她再次上前来，走近那辆没有亮灯的车。我看到他站在她身后，看到他的帽子，他的侧脸，他壮硕的肩膀。那姑娘身子一挺，尖叫起来。那声撕心裂肺的凄美叫声像一记左勾拳般震撼了我。

"我看到他了！"她叫喊道，"在车窗里！就在方向盘后面,拉什!"

他像只铅筒似的掉进了陷阱里。他粗暴地把她推到一旁,一跃而上,急切地抬起手来。又是三道火光划破黑暗。玻璃又碎了一些。一颗子弹穿了过去,射在我身旁的一棵树上。一块碎片嗖地飞到了远处。可引擎还是静静地转动着。

他身子压得很低,蹲在暗处,他的脸是一团模糊的灰色,仿佛是在那三道子弹的火光过后缓缓重现原形的。如果他拿的是一把左轮手枪,子弹可能已经打完了。也可能并没有。他开了六枪,但出门前或许重新装过弹。但愿如此。我不想他拿的是一把空枪。不过那也可能是一把自动手枪。

我说:"完了?"

他猛地转过身来。也许正派的做法是让他再开一两枪,就像老派的绅士一样。但他还举着枪,我等不及了。没时间当老派的绅士了。我朝他开了四枪,那把柯尔特勒得我肋骨疼。枪从他手里蹦了出来,仿佛被人踢了一脚。他伸出双手捂住肚子。我能听到他的手重重地拍打在身上。他就这样笔直向前倒去,两只宽大的手掌紧紧抓着自己。他脸朝下倒在潮湿的砾石路上。他就此再也不做声了。

银发套姑娘也不做声。她僵直地站着,任凭纷乱的雨点落到身上。我绕到车的另一边,毫无目的地踢开了他的枪。随后我追上去,侧着身下腰把枪捡起来。这样一来,我跟她靠得很近了。她闷闷不乐地说着话,仿佛是在自言自语。

"我——我就怕你会回来。"

我说:"我们约好了的。我跟你说过一切都是安排好了的。"我像个疯子似的大笑起来。

她弯下腰,摸了摸地上的卡尼诺。片刻之后,她站了起来,手里是一把带细链条的小钥匙。

她悲伤地说:"你非杀他不可吗?"

我的笑开始得突然,如今停止得也突然。她走到我身后,打开了手铐。

"是的,"她柔声道,"我想你别无选择。"

30

又是新的一天,阳光再次普照大地。

雨后,法院大楼洁白明净,失踪人口调查局的格里高利上尉从装有栅栏的二楼办公室的窗户里忧郁地向外张望着。他坐在转椅上笨拙地转来转去,用带有烫伤疤痕的大拇指摁着烟丝,冷峻地盯着我。

"这么说你又惹麻烦了。"

"噢,看来你都听说了。"

"老弟,我整天屁股不离座,看上去好像没有脑子。但我听说的东西会叫你大吃一惊。杀了这个卡尼诺挺好,但要重案组的伙计们给你发奖牌是不可能的。"

"我身边到处是打打杀杀，"我说，"我还没参加过呢。"

他耐心地笑笑。"谁告诉你那个姑娘是艾迪·马尔斯的太太的？"

我对他说了。他仔细听着，打起哈欠来。他抬起托盘似的手掌，轻轻拍打着镶金的烟嘴。"你大概觉得我早该找到她。"

"这样想很正常吧。"

"或许我是知情的，"他说，"或许我认为艾迪和他老婆想这样玩一把，那聪明的应对办法——我能想到的最聪明的应对办法——就是让他们以为自己能过关。另外，你大概觉得我放艾迪过关还有很多私人原因。"他伸出一只大手，拇指抵在食指和无名指上摩擦。

"不，"我说，"我其实并没有那样想。哪怕是发现艾迪好像对那天我俩在这儿的谈话一清二楚的时候，也没有。"

他挑起眉毛，仿佛挑眉毛很费力似的——这把戏他已经生疏了。一时间他的额头布满褶皱，等放松下来，尽是白色的纹路。我看着那一条条纹路由白转红。

"我是个警察，"他说，"只是个普通的警察。人还算正直。在一个丧失了格调的世界里，你也只能期盼一个人保持这么点正直了。今天早上我叫你过来，主要就是因为这个。我想让你相信：身为警察，我希望看到法律获得胜利。我希望看到艾迪·马尔斯那种衣冠禽兽被关进福尔森监狱，在采石场里弄断手指甲，还有那些在贫民窟长大的穷苦恶汉，犯过一次事蹲了大牢，从此可以改过自新。这些是我希望看到的。你我都活了太久，久到不相信这样的景象有朝一日会出现在我面前。不会出现在这座城市，不会出现在面积只有它一半大小的任何城市，不会出现在这广阔、青葱而美丽的国家的任何地方。因为我们根本不是这样治理国家的。"

我一言不发。他突然向后一晃脑袋，吐出烟来，又看了眼烟斗的咬嘴，说道：

"但这并不是说我认为艾迪·马尔斯弄死了里根，或者他有任何这么做的动机，退一步讲，就算他有动机，也不见得会这么做。我只是觉得他知道一些相关的事情，而这些事情迟早会大白于天下。把他妻子藏在里阿利特很幼稚，但一个爱耍滑头的家伙会把这种幼稚视作聪明。昨晚地方检察官问完他话之后，我把他叫到了这里。他对一切供认不讳。他说他认识的卡尼诺就是个可靠的保镖，所以他才雇用他。他不了解他的兴趣爱好，也不想去了解。他不认识哈利·琼斯。他不认识乔·布罗迪。他当然认识盖革，但很肯定地说不了解他的生意。这些你大概都听过了。"

"是的。"

"你在里阿利特干得很漂亮，老弟。没有试图掩盖实情。如今我们会把出处不明的子弹记录在案。有天你或许会再次使用那把枪。到时候你就受制于人了。"

长眠不醒

"我昨晚那几枪打得很漂亮。"说完,我斜睨了他一眼。

他把烟丝敲了出来,深沉地低头凝视着。"那姑娘怎么样了?"他头也不抬地问道。

"我不知道。他们没有扣下她。我们做了三次陈述,一次对王尔德,一次对警察局长办公室,一次对重案组。他们把她放了。之后我就没见过她。不过我也没指望能再见她。"

"听他们说是个很不错的姑娘。不像是会干坏事的人。"

"确实是个很不错的姑娘。"我说。

格里高利上尉叹了口气,抓乱了那头灰发。"只剩下一件事,"他几乎是温柔地说,"你看上去是个好人,但做事太冒失了。如果你真的想帮助斯特恩伍德家——别掺和了。"

"我想你说得对,上尉。"

"你感觉如何?"

"棒极了,"我说,"我站在好几块各式各样的地毯上被人差不多骂了一个晚上。在此之前我浑身湿透,鼻青脸肿。状态简直完美。"

"不然你还想怎样,老弟?"

"没啥别的想法。"我站起身,朝他咧嘴一笑,开始向门口走去。等我快走到的时候,他突然清了清嗓子,厉声说道:"前面的话我都白讲了是吗,嗯?你还是认为你可以找到里根。"

我转过身,直视着他的眼睛。"不,我不认为我可以找到里根。我连试都不会去试了。这下你称心了吧？"

他缓缓点了点头。接着耸了耸肩："我也不知道自己为什么要说这个。祝你好运，马洛。随时过来。"

"谢谢，上尉。"

我下楼走出法院，从停车场取了车回到了霍巴特大厦的家里。我脱了外套躺在床上凝望天花板，听着外面往来车辆的喧闹声，看着阳光慢慢移动过天花板一角。我努力想入睡，但就是睡不着。虽然不是一天里喝酒的时间，我还是起来喝了一杯，重新躺下。还是睡不着。我脑子里仿佛有个时钟在滴答作响。我在床沿上坐起身，把烟丝填进烟斗，大声说道：

"那个老混账肯定知道点什么。"

这斗烟抽起来苦得像碱水。我把烟斗放到一旁，重新躺下。我的思绪在虚假记忆的汪洋里漂荡，我好像在一遍又一遍做同样的事，去同样的地方，遇见同样的人，对他们说同样的话，一遍又一遍，可每一遍都像是真实的，仿佛真实发生过而且是初次发生一样。我在公路上开着车冒雨疾驰，银发套姑娘缩在角落里一言不发，所以等到达洛杉矶时我俩又变成彻底的陌生人了。我下车走进一家全天营业的杂货店，打电话给伯尼·奥尔斯说我在里阿利特杀了人，正在去王尔德家的路上，艾迪·马尔斯的妻子跟我在一起，她是目击者。我驶过寂静、被大雨洗刷得很明亮的一条条街道，到了拉法耶特公园，开进王尔德那座大木板房的停车门廊里。走廊的灯已经亮了,奥尔斯提前打过电话说我要来。我走入王尔德的书房,他穿着一件印花晨衣坐在书桌后面,脸色凝重,一根花斑雪茄一会儿在他指间转动,一会儿缓缓上升,送进他带着苦笑的嘴里。奥尔斯在场,有一个警察局长办公室派来的瘦子,他一身灰,学究气十足,模样和谈吐都像个经济学教授,不太像警察。我陈述着事情的来龙去脉,他们静静听着,银发套姑娘坐在幽暗处,双手交叠在大腿上,谁也不看。来了很多电话。还有两个重案组的人,他俩看我的样子就像我是从巡回马戏团里逃出来的某种怪兽。我又开车上路了,身旁坐着其中一个重案组的人,要去富尔怀德大厦。我们走进那房间的时候,哈利·琼斯还瘫坐在书桌后面的椅子上,死人脸上扭曲的僵硬表情和屋里酸甜的味道都没变。随行的有个验尸官,非常年轻、高大,面对这样的场面脖子上红色的汗毛根根竖起。还来了个取指纹的,看他忙成一团,我告诉他别忘了检查气窗上的窗闩。(他在上面发现了卡尼诺的指纹,那钟爱棕色的家伙就留下了这么一处指纹来证明我没有胡编。)

我回到王尔德家,在一份他秘书在另一间屋子里复印好的报告书上签字。接着门开了,艾迪·马尔斯走进来,看到银发套姑娘,他脸上陡然闪过一丝微笑,他说:"你好,亲爱的。"可她没有看他也并不作答。艾迪·马尔斯精神饱满、心情愉快,身穿一套深色便装,花呢大衣外面搭着一条带流苏装饰的白围巾。然后他们走了，每个人都离开了房间，只剩下我和王尔德。王尔德用冰冷、愤怒的声音道："这是最后一次了，马洛。下次你要再这么不规矩，我就把你抓起来喂狮子，不管谁会为此伤心。"

我就这样躺在床上，看着一小块阳光沿着屋角徐徐下降，脑海里一遍又一遍重演着这些场景。这时电话铃响了。是斯特恩伍德家的管家诺里斯，声音还是那样疏远。

"马洛先生吗？我给您办公室打电话没人接，所以冒昧打到您家里来了。"

"我差不多一晚上都在外面。"我说，"还没睡。"

"原来如此，先生。方便的话，将军想今天早上见您，马洛先生。"

"等我半个小时左右，"我说，"他还好吗？"

"他卧床了，先生，不过情况不坏。"

我刮了脸，换了身衣服，朝门口走去。接着我折回去把卡门的珍珠柄左轮手枪放进口袋。阳光是那样明媚，在眼前闪烁跃动。二十分钟后，我来到了斯特恩伍德府，驱车开上坡道停在侧面的拱门下面。这会儿是十一点十五分。大雨过后，鸟儿在装点庭院的树丛间狂热地歌唱，阶梯状的草坪绿得像爱尔兰国旗，整座庄园焕然一新，仿佛是十分钟前刚建起来的。我按了按门铃。距离第一次按这个门铃已经过去五天了。我感觉像过了一年。

一个女仆开了门，带我穿过侧面的走廊进入大厅，说诺里斯先生很快就下来。大厅丝毫没有变化。壁炉台上方的画像里还是那双炽热的黑眼睛，彩色窗玻璃上的骑士仍旧解不开把那位淑女同树绑定的绳结。

几分钟之后，诺里斯出来了，他也完全没有变。那双犀利的蓝眼睛同之前一样疏远，灰里透粉的皮肤看上去健康又安详，他的动作似乎要比实际年龄年轻二十岁。反倒是我，感觉岁月不饶人。

我们走上铺了瓷砖的楼梯，转向维维安卧室的相反方向。每走一步，这房子就愈发庞大，愈发寂静。我们到了一扇巨大而老旧的门前，那门仿佛是从教堂里拆下来的。诺里斯轻轻打开门，朝里张望。随后他让到一旁，我从他面前进了屋，走过好像差不多有四分之一英里的地毯，才来到一张装有华盖的大床前——亨利八世就死在这样一张床上。

斯特恩伍德将军靠着枕头坐了起来。他那双毫无血色的手交叉放在被单上。在被单的映衬下，那双手呈灰色。他的黑眼睛仍旧充满斗志，脸上的其余部分却依然像一张死人脸。

"请坐，马洛先生。"他的声音带着疲惫，还有点生硬。

我把一只椅子拉到他跟前，坐下来。窗户统统紧闭着。在一天中这个时间，屋里竟是黑洞洞的。遮篷挡住了天空中照耀下来的每一丝光亮。空气里透着上了年纪的东西特有的甜味。

他一言不发地盯着我看了整整一分钟。他一只手动了动，仿佛是要向自己证明他还能动，随后又放回到了另一只手上。他有气无力地说：

"我没有让你去找我女婿，马洛先生。"

"可您心里是想的。"

"我没请你去找他。你太自作主张了。通常我想要什么会直说的。"

我什么也没有说。

"你的报酬已经付清，"他继续冷冷说道，"这样也好，那样也罢，那笔钱都不重要。我只是觉得你辜负了信赖。当然你不是有意的。"

说到这儿他闭上了眼睛。我说："您要见我就是为了这个吗？"

他又一次睁开眼睛，动作极其缓慢，好像他的眼皮是铅铸成的。"这句话大概惹你生气了。"他说。

我摇头。"您的地位在我之上，将军。这地位的差距我一丝一毫也不会僭越。考虑到您所必须忍受的，这点优越并不过分。您可以随心所欲对我说任何话，我连生气的念头都不会有的。我愿意把您的钱还给你。这对您也许不算什么。对于我却是有意义的。"

"对于你有什么意义？"

"意义在于，我的工作没有令客户满意，我拒绝报酬。就是这样。"

"你做过很多没有令客户满意的工作吗？"

"做过一些。谁都难免。"

"你为什么去见格里高利上尉？"

我往后一靠，把一条胳膊搭在椅背上。我端详着他的脸。看不出个所以然来。我不知道他问题的答案——给不出满意的答案。

我说："我确信您把盖革写的那些纸条给我看主要是想试试我，你有点担心里根参与其中来勒索您。当时我还对里根一无所知。直到跟格里高利上尉谈过话，我才明白里根百分之百不是那种人。"

"这回答不了我刚才的问题吧？"

我点点头。"是的。回答不了您刚才的问题。我可能只是不愿承认我在凭直觉办事。那天早上我在外面那间兰花暖房里见完您，里根太太把我叫去了她屋里。她好像认为您雇我是为了找她丈夫，她好像不太乐意。不过她透露了'他们'在某间车库里找到了他的车。所谓'他们'，只可能是指警察。所以警察肯定掌握了一些相关的情况。如果确实如此，那这案子就该归失踪人口调查局办。当然我不知道是不是您报的案，或者是别的什么人，或者他们究竟是不是因为有人报案才发现有辆车被遗弃在车库里。不过我熟悉警察，知道只要他们掌握这些情况，就会进一步有所了解——尤其因为您的司机恰好有前科。我不知道他们还能挖掘出多少情况。这启发我想到失踪人口调查局。那天晚上我同王尔德先生在他家详细谈到了盖革和一些别的事，他当时的举止令我相信自己的判断没错。我俩单独待过一分钟，他问我您是否对我说了您在寻找里根。我说您告诉过我您希望知道他的下落，他是否安然无恙。王尔德嘴唇一抿，样子有点奇怪。这么一来我就全明白了，好比他明确说，'寻找里根'的意思是用警方的力量来寻找他。就算在那个时候，我还是尽力以'不告诉他任何他还不知道的事情'这一原则同格里高利上尉接触。"

"但你听凭格里高利上尉认为我雇你是为了寻找拉斯蒂？"

"是的。我想是这样——既然我确定是他在办案。"

他闭上了眼睛。眼皮微微抽搐了几下。他闭着眼睛说道："你觉得这合乎道德吗？"

"是的，"我说，"合乎道德。"

他又睁开了眼睛。两道犀利的黑光从那张死人脸上猛地射出来，叫人心惊肉跳。"我可能不太明白。"他说。

"或许吧。失踪人口调查局的头头可不是个空谈家。他要是只会空谈，也到不了那个位子。是个非常聪明伶俐的家伙，偏偏要装糊涂，让人以为他是个厌倦了工作、对上级唯命是从的中年人——一开始,这一招他屡试不爽。但我可不是在跟他玩挑棒游戏。在我这行里,免不了要经常虚张声势。不管我对一个警察说什么,到他那里总是要打折扣的。而对那个警察来说,我说什么都区别不大。雇我们这行的人干活,可不像雇一个洗窗工人那样,只要指着八扇窗户对他说:'把它们洗干净就完事了。'您不了解为完成你托付的工作我得经历、克服和遭受多少事情。我有我做事的方式。我尽全力保护您,我也许会打破一些规矩,但我之所以打破它们是为了您好。客户至上,除非他心术不正。即便那样,我也只会把工作交还给他,为他保守秘密。毕竟你没有叫我别去找格里高利上尉。"

"很难对你提出那样的要求。"他说道,带着一丝若隐若现的笑。

"那么,我做错了什么?您的管家诺里斯好像认为盖革一死,整件案子就结束了。我可不这样看。盖革敲诈的方式令我很困惑,直到现在也是。我不是夏洛克·福尔摩斯或者菲洛·万斯[1]。我不会期待在警察搜过一遍的地方发现一个断掉的钢笔头,由此破获一整桩案子。要是您以为在侦探这个行当里有谁是靠干这种事谋生的,那是你对警察了解不

---

[1] Philo Vance:S.S. Van Dine(即 Willard Huntington Wright 的笔名)所著的十二部犯罪小说(出版于 20 世纪 20 年代至 30 年代间)中的人物,擅长以心理分析进行推理破案。

够。就算他们会粗心大意,也绝不会看漏这类东西。我并不是说当他们放开手脚干活的时候,常常会真的看漏东西。但如果他们百密一疏,那忽略的会是相对稀松和模糊的东西,比如盖革那种人给您寄来欠条,叫您像个绅士那样掏钱——盖革,做着见不得光的生意,朝不保夕,依靠一个黑社会头子庇护,也至少得到了一部分睁一只眼闭一只眼的警察的消极保护。他为什么要那么做?是想看看有没有什么能向您施加压力。如果有,您就会付他钱。如果没有,您则会不予理睬,等待他下一步行动。但您确实感受到了某种压力。您放不下里根。您生怕他不再是从前的样子,他当初待在您身边,对您好,只是为了做足准备动您银行账户的脑筋。"

他开口说起话来,可我打断了他。"就算是那样,您在乎的也不是您的钱。甚至不是您的女儿。您多少已经放弃她俩了。您的自尊心依然很强,不甘被当成笨蛋耍——而且您是真的喜欢里根。"

屋里安静了下来。随后将军静静地说:"你他妈说得太多了,马洛。我没理解错的话,你还在试图解决这个难题?"

"不,我不干了。我受到了警告。警局的人觉得我太冒失。所以我才觉得应该把钱退还给您——因为按我的标准,活儿还没干完。"

他微微一笑。"不干了?那可不行,"他说,"我要再付一千块请你寻找拉斯蒂。他不必回来。我连他的下落都不需要知道。人有权选择自己的生活。他抛下我的女儿，甚至突然离去，我都不怪他。也许是一时冲动。不管他在哪儿，我只想知道他是否安好。我想让他亲自向我报个平安，如果他正好需要钱，我希望他也能收下我的心意。我说清楚了吧？"

我说："是的，将军。"

他休息了片刻，瘫坐在床上，他闭着眼睛，眼皮黑魆魆的，嘴巴抿得很紧，毫无血色。他精疲力尽了。他的身体快要败下阵来。他再一次睁开眼睛，勉强朝我咧嘴一笑。

"我想我是个多愁善感的老笨驴。"他说，"一点没有军人的样子。我很喜欢那个小伙子。在我看来，他好像非常纯洁。一定是我在判断人性这方面太自负了。帮我找到他，马洛。找到他就好。"

"我会尽力的，"我说，"您现在该休息了。我都对您唠叨半天了。"

我迅速站起身，穿过宽阔的地板走出了房间。我还没打开门他的眼睛就又闭上了。他的双手无力地搭在被单上。他远远比大多数死人看上去更像死人。我轻轻关上门，沿着二楼的过道走下楼梯，原路返回。

31

管家拿着我的帽子走了出来。我戴好帽子，说："你觉得他怎么样？"

"他其实并不像看上去那么虚弱,先生。"

"如果真那么虚弱,离入土也就不远了。里根那个家伙到底为什么会让他如此念念不忘？"

管家逼视着我,奇怪的是,他脸上毫无表情。"青春,先生,"他说,"还有军人的眼神。"

"就像你的眼神。"我说。

"恕我直言,先生,跟您的眼神也并无不同。"

"谢谢。两位小姐今天早上可好？"

他礼貌地耸耸肩。

"跟我想的一样。"我说。他为我打开了大门。

我站在屋外的台阶上,眺望着下方的景致:从阶梯状的草坪和整齐的树林、花坛一直到庄园尽头高耸的金属栏杆。目光向下移到一半的时候,我看到卡门坐在一条石凳上,双手托腮,模样又可怜又孤独。

我沿着草坪与草坪间的红砖台阶拾级而下。等她听见我的脚步声时,我已经近在咫尺了。她跳了起来,像只小猫似的打转。她穿的是我第一次见到她时身上穿的那条便裤。她那头金发也没变,还是带着松弛的黄褐色波浪。她脸色很白。看着我的时候,她的脸颊会泛起红晕。她的眼睛是蓝灰色的。

"很无聊？"我说。

长眠不醒 | 241

她很不好意思地慢慢笑了,随后飞快点了点头。她低声说:"你没生我的气?"

"我还以为你在生我的气呢。"

她竖起大拇指,咯咯笑了起来。"我没有。"她咯咯一笑我就不再喜欢她了。我环顾四周。三十英尺开外的一棵树上挂着一个靶子,上面插着几支飞镖。她之前坐的石凳上还放着三四支。

"作为有钱人,你姐妹俩好像过得挺没劲的。"我说。

她透过长长的睫毛看着我。照她的想法,我面对这样的眼神是应该躺在地上高兴地打滚的。我说:"你喜欢掷飞镖?"

"嗯——哼。"

"这倒让我想起点事来。"我回头看着那幢房子。我挪动了三英尺,一棵树就把我挡住了。我从口袋里拿出她的那把珍珠柄左轮手枪。"我把你的防身武器带回来了。枪我擦干净了,还装好了子弹。听我一句——等你练好了枪法再朝别人开枪。记住了吗?"

她的脸色更苍白了,她纤细的大拇指放了下去。她看了看我,又看了看我手里的枪。她眼里流露出迷恋之情。"好的。"说完她点了点头。接着突然又开口了:"教我打枪吧。"

"嗯?"

"教我怎么打枪。我会喜欢打枪的。"

"在这儿？这可是犯法的。"

她走近我身边，从我手里拿走了枪，摩挲起枪托来。她飞快地把枪塞进便裤，动作可以说有点鬼鬼祟祟的，接着四下看了看。

"我知道去哪里。"她神秘兮兮地说，"去下面的老油井那边。"她朝山下远远一指。"教我吗？"

我同她蓝灰色的眼睛对视了片刻。也可以说我看着的是一对酒瓶盖。"没问题。把枪给我，我得先看看那地方行不行。"

她微微一笑，噘起嘴来，接着摆出跟我心照不宣似的淘气模样，把枪还给了我，仿佛给我的是她房间的钥匙。我们拾级而上绕到我的车前。园圃似乎都荒了。阳光空洞得好比一个餐厅服务员领班的笑容。我俩上了车，我沿着低洼的车道向下驶去，穿过了外面的重重铁门。

"维维安在哪儿？"我问道。

"还没起床呢。"她咯咯笑着。

那一条条安静而富丽的街道刚经过雨水的洗刷，我穿梭其间，驶下山坡，先拐向拉布雷阿，再往南而去。十分钟后，我们到了她说的地方。

"到了。"她探身车窗外，指了指。

那是一条狭窄的泥路，比单根车道宽不了多少，有点像某家山麓牧场的入口。一扇装有五道栅栏的大门向后敞着，靠在一个树桩上，看上去已经多年未关。道路两旁种满高大的桉树，路面上尽是深深的车辙。四下很空，太阳又出来了，路上没有飞扬的灰尘。之前那场雨太大了，又刚过去不久。我沿着车辙前行，说来奇怪，城市往来车辆的嘈杂声音竟很快变得只是隐约可闻，仿佛这地方根本不属于什么城市，而是梦境中的一方远土。只见那低矮的木井架伸出沾满油污、一动不动的步进梁戳起在一根树枝上面。还看到了那连接这根和其他五六根步进梁的锈迹斑斑的旧钢缆。那些步进梁不工作了，或许已经整整一年没有动过。油井早已不出油了。地上放着一堆油管，有个装卸平台一头塌陷了，还有半打空油桶横七竖八堆叠着。一个废水池里盛着一汪漂着油渣的臭水，在阳光照射下映出五颜六色。

"他们准备把这里建成公园吗？"我问道。

她压低下巴，眼睛朝我一闪。

"抓紧时间。那臭水池的气味能熏死一群山羊。这就是你说的地方？"

"嗯——哼？怎样？"

"漂亮。"我把车停在了装卸平台旁边。我们走了下来。我听了听。往来车辆的嗡嗡声成了远处的一张声音网，宛若蜂鸣。这地方如墓园般孤寂。虽然下过雨，那些桉树还是灰蒙蒙的。它们永远是灰蒙蒙的样子。一根被风吹断的树枝悬在废水池边缘，皮革似的扁平叶子垂进了水里。

我绕着废水池走了一圈，朝泵房里望了望。里面有一些垃圾，没有任何新近的活动迹象。房子外面，一个大号的木轮斜靠在墙上。看来确实是个练枪的好地方。

我回到车前。那姑娘站在车旁整理头发，捏着发丝举到阳光下。"给我。"说完，她伸出手来。

我掏出枪，放在她手心里。我弯下腰，拾起一只生锈的铁罐。

"现在放轻松，"我说，"五发子弹装好了。我先过去把这罐头放在那个大木轮中间的方形口子里。看到了吗？"我指了指。她狠狠点了点头，很高兴。"大概有三十英尺远。等我回到你身边，再开枪。好吗？"

"好的。"她咯咯笑着说。

我走回到废水池另一边，把铁罐放在那个木轮的中间。这靶子棒极了。如果她打不中罐头——这是肯定的，她可能会击中木轮，那子弹就不至于飞到远处去。不过，她要打的甚至不是那个木轮。

我绕过废水池，朝她走回去。当我贴着废水池边缘走到离她大约十英尺的时候，她对我露出了满口尖利的小牙齿，举起枪，嘴里开始发出嘶嘶的声音。

我呆住了，那潭死水在我背后发出阵阵恶臭。

"站住，你个狗娘养的。"她说。

枪口对准了我的胸膛。她的手似乎一点不晃。她嘴里的嘶嘶声更响了,她的脸白得像剔去血肉的骷髅。苍老、堕落,变成了野兽,而且是猛兽。

我对她笑了笑,迈步走过去。我看到她纤小的手指扣紧了扳机,指尖泛白。我走到离她六英尺左右时,她开枪了。

枪发出尖锐的噼啪声,缥缈无形,只听见阳光下短暂的轰响。我看不到烟。我再次停下脚步,朝她咧嘴笑着。

她又迅速开了两枪。没想到一枪都没打中。那把小手枪里装了五发子弹。她开了四枪。我猛冲向她。

我不想最后一枪打到我脸上,所以闪身避向一旁。她瞄了半天才给了我这一枪,丝毫不着慌。我感到一小部分火药爆炸的热气冲到了身上。

我挺起身子。"哎哟喂,不过你够可爱的。"我说。

她握着那把空枪的手剧烈颤抖起来。枪掉了出来。她的嘴唇也开始发抖。她的整张脸崩塌了。她的脑袋扭向左边耳朵,嘴唇上现出白沫。她的喘息声里夹杂着呜咽。她摇晃着快要倒下。

我及时抱住了她。她已经失去知觉。我用双手撬开她的嘴,把一块揉成一团的手帕塞了进去。我使尽了浑身的力气才办到。我抱起她放进车里,回身拿了枪扔进口袋。我爬进驾驶座,倒好车,沿着来时途经的那条布满车辙的小道原路返回,开出大门,上山,送她回家。

卡门瘫倒在车厢角落里,一动不动。车子在通往那幢房子的车道上开到半路,她醒了。她的眼睛突然睁得很圆,透着野性。她坐了起来。

"出什么事了?"她上气不接下气地说。

"没什么。怎么了?"

"噢,肯定出了什么事。"她咯咯笑着,"我尿裤子了。"

"是人都会尿裤子的。"

她突然满脸病容地陷入了思考,呜咽起来。

32

那个和颜悦色、长着马脸的女仆带我走进二楼的会客室,只见乳白色窗帘奢华地拖曳在地上,墙与墙之间铺着白色地毯。简直是电影明星的闺房,充满魅力与诱惑,虚假得像条木头义肢。此刻,房里空无一人。我身后的门关上了,声音却轻柔得不自然,像在关一扇医院病房的门。躺椅边上停着一辆带轮子的早餐车。它闪着银色的光芒。咖啡杯里有烟灰。我坐了下来,等待着。

好像过了很久门才打开,维维安走了进来。她穿着牡蛎白的家居服,有软毛做修饰,剪裁得十分宽松,好比夏日里某座世外小岛沙滩上流连的海沫。

她大步流星走过我面前,坐在了躺椅边缘。她唇间叼着一根烟,粘在嘴角。今天她的指甲是铜红色的,从根部到尖头都涂了色,连指甲根部的半月都盖上了。

"所以到头来你就是个畜生,"她轻轻说道,注视着我,"一个彻头彻尾的冷血畜生。你昨晚杀了人。别管我是怎么知道的。听人说了。现在你只好跑这儿来,还把我那不懂事的妹妹吓出了毛病。"

我一言不发。她坐立难安起来。她挪到了一张靠墙的矮脚软垫椅上,头往后一靠,枕着椅背上的一只白色软垫。她向上吐出灰白色的烟,看着它慢慢升到天花板,散成一缕一缕——起初同空气还依稀可辨,后来便融为一体,渺无踪影了。她慢慢垂下眼帘,向我投来冷酷的一瞥。

"我不懂你,"她说,"谢天谢地,还好前天晚上我俩中有一个人头脑清醒。跟一个私酒贩子有过一段婚姻已经够糟了。你就不能看在上帝分上说点什么吗?"

"她还好吗?"

"噢,我想她没事。睡得很沉。她总是睡得着。你对她做了什么?"

"什么也没做。我见完你父亲,走到屋外,她就在前面。她一直在朝树上的靶子射飞镖。我走下去见她,因为我身上有样她的东西。一把欧文·泰勒之前送她的小型左轮手枪。布罗迪被杀的那晚,她带着那把枪去了他家。当时我不得不把这枪从她手上拿走。这件事我没有提,所以你大概不知道。"

那双斯特恩伍德家族的黑眼睛顿时睁大了，眼神很空洞。这下轮到她一言不发了。

"看到枪还回来了她很高兴，就想让我教她怎么射击。她要带我去你家以前靠着发家致富的山下的旧油井。我们便去了。那地方可怕极了，到处都是生锈的金属、老旧的木材、静止的油井和漂浮着油腻渣子的废水池。也许这些让她心烦意乱了。我想你也去过那儿的。有点诡异。"

"嗯——是有点。"她小声说道，呼吸急促起来。

"我们到那儿后，我把一只铁罐放在一个特大的木轮上给她当靶子。这时她发病了。在我看来像是轻微的癫痫发作。"

"是的，"还是同样的微弱声音，"她不时会发病。你来见我就是为了这个吗？"

"我想你还是没告诉我艾迪·马尔斯手里有你的什么把柄？"

"什么也没有。这问题都有点把我问烦了。"她冷冷道。

"你认识一个叫卡尼诺的人吗？"

她皱起那两条漂亮的黑眉毛，思索着。"不是很清楚。好像记得这么个名字。"

"艾迪·马尔斯的保镖。都说是个厉害的彪形大汉。应该是的。要不是有位女士帮了点小忙，我已经去了他现在待的地方——停尸间。"

"女士们似乎——"她突然愣住了,脸色煞白。"我没法拿这个开玩笑。"她简短地说。

"我没在开玩笑,如果我说话像在兜圈子,只是表象。一切都联系起来了——每一件事。盖革和他可爱的敲竹杠小伎俩,布罗迪和他的照片,艾迪·马尔斯和他的轮盘赌桌,卡尼诺和那个并没有与拉斯蒂·里根私奔的姑娘。一切都联系起来了。"

"恐怕我连你在说什么都不知道。"

"就当你不知道吧——事情是这样的。盖革先把你妹妹骗去了他那儿,这不难办到。然后用她写的几张欠条勒索你父亲,方式挺讲究的。艾迪·马尔斯是幕后黑手,保护盖革,也利用他干脏活。你父亲没有付钱,而是把我找了来,说明他什么也不怕。艾迪·马尔斯想确定这一点。他抓住了你的把柄,想弄清楚有没有抓住将军的把柄。如果有,他就能轻易弄到一大笔钱。如果没有,他就只好等你分到家产,暂时满足于你在轮盘赌桌上输给他的小钱,能赚一点是一点。盖革是被欧文·泰勒杀死的,泰勒深爱着你的傻妹妹,很反感盖革那样捉弄她。对于艾迪来说,这些都不值一提。他在下一盘大棋,盖革一无所知,布罗迪也一无所知,除了你、艾迪,还有一个名叫卡尼诺的壮汉外,谁都不知道内情。你丈夫不见了,艾迪知道大家都知道他跟里根之间有恩怨,所以把他妻子藏在了里阿利特,让卡尼诺看着她,这样一来，就造成了她和里根私奔的假象。他甚至将里根的车停到了莫娜·马尔斯之前住处的车库里。如果仅仅是为了转移对艾迪杀了你丈夫的怀疑的话，这一招听起来有点傻。其实并不傻。他有别的动机。他是要干一票上百万的生意。他知道里根去了哪里、怎么会不见的，可他不希望警察查出原委。他希望他们能得到一个满意的答案来解释里根为什么会不见。听得无聊了吧？"

"我听厌了，"她用麻木、疲乏的声音说道，"老天啊，我真是听厌了！"

"抱歉。我可不只是来插科打诨，表现自己有多聪明的。今天早上，你父亲说要请我找到里根，报酬是一千块。这对我来说是很大一笔钱，可我办不到。"

她的嘴巴猛地张开了。她的呼吸瞬间变得紧张、刺耳。"给我一根烟，"她口齿不清地说，"为什么？"她喉头的脉搏跳动起来。

我给了她一根烟，点燃火柴凑上去。她吸了一大口，疲倦地吐出烟来，之后她便彻底忘记了指间的香烟。那根烟她再也没有吸。

"对了，失踪人口调查局找不到他，"我说，"说明找他很难。他们办不到的我也不可能办到。"

"噢。"她的声音里透着一丝释然。

"这是一个原因。失踪人口调查局的人认为他是故意失踪的,用他们的话说,案子已经'落幕'。他们不认为是艾迪·马尔斯杀了他。"

"谁说有人杀了他?"

"这就快说到了。"我说。

有那么一瞬间,她的脸仿佛碎成了一片片,只看得到五官,却没有轮廓,失去了控制。她的嘴巴仿佛在预热,下一步就是尖叫。不过这状态只出现了一瞬间。斯特恩伍德家族的血统之所以优秀,一定不仅仅体现在她的黑眼睛和莽脾气上。

我站起身,抽走她指间的香烟,在烟灰缸里按灭。随后我拿出卡门的小手枪,小心翼翼地——小心得有些夸张——放到她裹着白色缎子的膝盖上。我把枪放平,歪着头退后一步,姿势就像一个布置橱窗的店员刚给模特脖子里的围巾打了个新造型,看看效果如何。

我又坐下了。她没动。她一毫米一毫米地低下眼睛,看着手枪。

"伤不了人的,"我说,"五个弹膛都空了。她把子弹打光了。她对着我打光了子弹。"

她喉头的脉搏剧烈跳动起来。她想说点什么却发不出声音。她咽了下口水。

"大概离我五六英尺,"我说,"她真是个可爱的小东西,对吧?可惜我在枪里装的是空弹。"我阴险地咧嘴一笑。"我有预感，给她机会，她会朝我开枪的。"

她好不容易才找回了自己的声音。"你这人太可怕了。"她说，"可怕。"

"是的。你是她的姐姐。对此你准备怎么做？"

"你说的话，一个字也证明不了。"

"证明不了什么？"

"她朝你开了枪。你说你跟她去了油井那边，就你俩。你说的话，一个字也证明不了。"

"噢那个啊，"我说，"我没想过要证明。我想的是另外一次——当时那把小手枪里是有实弹的。"

她的眼睛是两汪黑暗的池水，远比黑暗还要空洞。

"我想的是里根消失的那一天，"我说，"黄昏时候。他带她去了那些老油井边教她射击，他把一只罐头放在某个地方，让她瞄准罐头开枪，他则站在近处看她打靶。可她没有朝着罐头射。她调转枪头朝他开了枪，就跟今天她想朝我开枪一样，原因也相同。"

她微微一动，枪滑下了她的膝盖，掉在了地上。那是我这辈子听到过的最响的声音之一。她目不转睛看着我的脸。她低声细语起来，声音拖得很长，透着痛苦。"卡门！……仁慈的上帝啊，卡门！……为什么啊？"

"我真的有必要告诉你她为什么要朝我开枪吗？"

"是的，"她的眼神依旧很可怕，"恐——恐怕你得告

长眠不醒 | 253

诉我。"

"前天晚上我回到家时,她在我屋里。她骗楼管放她进来等我。她躺在我床上——没穿衣服。我揪着她的耳朵赶她出去了。我想里根曾经也对她做过同样的事。但你是不能对卡门那样的。"

她抿紧嘴唇,犹犹豫豫地想舔一舔。这让她有那么一刻看上去像个受惊的孩子。她的面颊线条分明起来,她缓缓抬起一只手,仿佛抬的是牵线木偶的手似的,手指僵硬地慢慢抓紧领口的白色毛绒。她紧紧抓着毛绒,裹住她的喉咙。之后她只是坐在那儿出神看着。

"钱,"她用低哑的声音说,"你应该是想要钱吧?"

"多少钱?"我尽量避免嘲笑的语气。

"一万五千块怎么样?"

我点点头。"这数目差不多。查出来就是这个数。卡门开枪打死拉斯蒂的时候他身上就装了这点钱。艾迪·马尔斯应你的请求,派卡尼诺来处理尸体,他的报酬也是这点钱。但比起艾迪盼着有朝一日可以到手的数额来,这笔钱只是个零头,对吧?"

"你个狗娘养的!"她说。

"嗯——哼。我脑子很好使。我不讲感情也无所顾忌。我只在乎钱。我是如此贪钱,为了二十五块钱一天和多数花在加油及喝酒上的其他花销,我甘愿独自研究案子的所有细节；我赌上我的整个未来，承受着警察和艾迪·马尔斯及其手下的恨意，我躲避子弹，挨铁棍暴打，还说道，非常感谢，如果你还有别的麻烦，希望能想到我，我留一张名片给你吧，万一有事呢。我做这一切就为了二十五块钱一天——也许只再要一点钱来保护一个伤心欲绝、疾病缠身的老人血液里仅存的那一丝尊严，我认为他的血不是毒液，尽管他的两个小女儿有点管不住，总还不是性变态和杀人犯。这让我成了个狗娘养的。没关系。对此我一点也不在乎。各种身材各种样子的人都用这话骂过我，包括你的小妹妹。因为我不肯跟她上床，她骂我的话比这个还难听。我从你父亲那里拿到了五百块，我并没有问他要，不过他付得起。如果我能找到里根，那就又能拿到一千块。现在你要给我一万五千块。这下我变成大亨了。有了一万五千块，我可以买一套房子、一辆新车和四套衣服。没准我甚至可以度个假，不用担心错过一桩案子。棒极了。你付这笔钱是要我干吗来着？我可以继续当狗娘养的吗？还是非得做一个绅士，就像那天晚上烂在车里的那个醉鬼一样？"

她沉默得宛若一尊石像。

"行了，"我语气沉重地接着说道，"你愿意带她走吗？让她远离这儿，带去一个有人能对付她这种类型的地方，去一个他们会阻止她接触枪支、刀械和烈酒的地方。妈的，或许她甚至能自己痊愈，你知道的。有过先例的。"

她站起身,慢慢走向窗前。乳白色的窗帘在她脚边叠成厚实的一堆。她站在层层叠叠的帘子间,望着寂静的黑色山麓。她一动不动站着,几乎跟窗帘融为一体。她的双手松弛地放在身体两侧。彻底静止的一双手。她转身往回走,穿过房间,对身旁的我视而不见。等走到我身后,她急促地喘了口气,说话了。

"他在废水池里,"她说,"早已是一具恐怖的陈尸了。是我干的。就像你说的那样。我去找过艾迪·马尔斯。卡门回家来告诉我她打死了人,活像个小孩子。她不是正常人。我知道警察会从她口中问到一切的。过不了多久,她甚至会拿这件事吹嘘。要是让爸爸知道,他立马就会报警,把来龙去脉都告诉他们。当晚他就会去世。他去世倒没什么——关键在于他去世前会怎么想。拉斯蒂不是个坏人。我不爱他。但他应该是个挺不错的人。只不过不管他这样还是那样,活着还是死了,比起瞒住爸爸,他对我而言根本不算什么。"

"所以你就放任她胡来,"我说,"惹出别的麻烦。"

"我是在争取时间。只是争取时间。当然我用了错误的方式。我以为连她自己都会把事情给忘了。我听说他们常会忘记发病时做的事。也许她已经忘记了。我知道艾迪·马尔斯要榨干我,但我不在乎。我必须寻求帮助,而我只能得到像他那种人的帮助……有些时候,我自己都不相信这一切。另外那些时候,我只好赶快喝醉了事——不管在一天中的什么时间。赶紧喝醉了事。"

"你带她走，"我说，"赶紧带她走才是真的。"

她还是背对着我。她此时的语气变得和缓了："那你准备怎么办？"

"不怎么办。我要走了。我给你三天。如果到时你离开了——很好。如果你没离开，我就去告发。别以为我是说说而已。"

她突然转过身。"我不知道该对你说什么。我不知道从哪里说起。"

"嗯。带她离开，确保每一刻都有人看着她。能保证吗？"

"我保证。艾迪——"

"忘了艾迪吧。等我休息一下，我要去见他的。我会对付艾迪。"

"他会杀了你的！"

"是啊，"我说，"可他最厉害的手下都没办到。我倒想会会其他人。诺里斯知道这一切吗？"

"他永远不会说出去的。"

"我觉得他都知道。"

我很快离开了她，走出房间，沿着铺着瓷砖的楼梯走到了大厅。离开的时候我没有看到任何人。这次没有人来给我送帽子了。屋外，亮丽的花圃看上去像是中了蛊，仿佛有愤怒的小眼睛在灌木丛后面看着我，仿佛阳光里也有某种说不

长眠不醒 | 257

清道不明的东西。我钻进车里，向山下驶去。

　　一旦你死了，躺在哪里又有什么关系呢？在肮脏的废水池或是高山上的大理石宝塔？你死了，你睡去了，长眠不醒，这种事再不会叫你费心思量。对你来说，油也好，水也罢，跟风和空气并无不同。你就此睡去，长眠不醒，不在乎你死的样子有多龌龊多不堪，你又是在何处倒下的。如今，我也是这龌龊不堪的一分子了。比拉斯蒂·里根更有资格位列其中。可那位老人不必蹚这趟浑水。他可以静静躺在支着华盖的床上，把毫无血色的双手交叠在被单上，等待着。他的心是短暂而含混的低声细语。他的思绪灰暗得犹如灰烬。再过一会儿，他也会像拉斯蒂·里根一样，睡去，长眠不醒。

　　回城的路上，我进了一家酒吧稍作歇息，喝了两杯双份苏格兰威士忌。喝完却并没有感觉好些。这两杯酒只让我想起银发套姑娘。我再也没能见到她。

Raymond Chandler
The Big Sleep

图书在版编目(CIP)数据

长眠不醒 /(美)雷蒙德·钱德勒
(Raymond Chandler)著；顾真译. -- 上海：上海译文
出版社, 2025. 3. --(译文经典). -- ISBN 978-7
-5327-9743-1

Ⅰ. I712. 45
中国国家版本馆 CIP 数据核字第 2025356YG4 号

长眠不醒

[美]雷蒙德·钱德勒 著 顾真 译
责任编辑 / 宋玲 装帧设计 / 张志全工作室

上海译文出版社有限公司出版、发行
网址：www.yiwen.com.cn
201101 上海市闵行区号景路 159 弄 B 座
山东临沂新华印刷物流集团有限责任公司印刷

开本 787×1092 1/32 印张 8.25 插页 5 字数 119,000
2025 年 3 月第 1 版 2025 年 3 月第 1 次印刷
印数：0,001—5,000 册

ISBN 978-7-5327-9743-1
定价：68.00 元

本书版权为本社独家所有，未经本社同意不得转载、摘编或复制
如有质量问题，请与承印厂质量科联系，T: 0539-2925659